徐志摩文集

人生若只如初见

徐志摩 | 著

黑龙江美术出版社

图书在版编目（CIP）数据

人生若只如初见：徐志摩文集／徐志摩著. -- 哈尔滨：黑龙江美术出版社，2019.9
　　ISBN 978-7-5593-4802-9

Ⅰ. ①人… Ⅱ. ①徐… Ⅲ. ①散文集—中国—现代 Ⅳ. ① I266

中国版本图书馆 CIP 数据核字 (2019) 第 071816 号

RENSHENG RUO ZHIRU CHUJIAN XUZHIMO WENJI

| 书　　名／人生若只如初见：徐志摩文集
| 　　　著／徐志摩
| 责任编辑／彭宝中
| 排版制作／文贤阁
| 出版发行／黑龙江美术出版社
| 地　　址／哈尔滨市道里区安定街 225 号
| 邮政编码／150016
| 发行电话／（0451）84270522
| 网　　址／www.hljmscbs.com
| 经　　销／全国新华书店
| 印　　刷／北京欣睿虹彩印刷有限公司
| 开　　本／880mm×1230mm　1/32
| 印　　张／9
| 版　　次／2019 年 9 月第 1 版
| 印　　次／2019 年 9 月第 1 次印刷
| 书　　号／ISBN 978-7-5593-4802-9
| 定　　价／42.80 元

本书如发现印装质量问题，请直接与印刷厂联系调换。

前言 preface

  徐志摩出生于1897年,浙江嘉兴人,现代著名的诗人、散文家,新月诗社成员。徐志摩家境优裕,自小过着舒适的生活。1916年,受父母之命,他迎娶了名门望族之后的张幼仪,但天生充满浪漫主义的徐志摩与张幼仪两人思想不在同一个层面上,他对这门婚姻充满了抵触和厌恶。他用冷漠的方式坦率直白地表达想要离婚的决心,转而追求才女林徽因,并为她作了大量表现爱情的诗歌,像《月夜听琴》《青年杂咏》《偶然》等。苦追林徽因不得,徐志摩转身与陆小曼热恋。1926年,徐志摩与陆小曼结婚,他将所有的深情都给了陆小曼,甚至在给陆小曼的信中写道:"我有你什么都不要了。文章、事业、荣耀,我都不要了。诗、美术、哲学,我都想丢了。有你我什么都有了。"可见,徐志摩对陆小曼的深情与怜爱。1931年11月19日,徐志摩乘飞机前去参加林徽因的演讲会,不幸飞机出事遇难。

  徐志摩才华横溢,从小爱好文学,曾拜梁启超为老师。他在北大上学期间经历了军阀的混战,于是他毅然前往国外留学。留学期间,他深受西方教育的熏陶及欧美浪漫主义的影响,写了大量唯美的诗歌。他的诗词采工丽、比喻新奇、想象奇特、意境优美,极具浪漫主义和唯美主义色彩。其中《再别康桥》《月下待杜鹃不来》《我不知道风是在哪一个方向吹》等都是传世的名篇。作为新月派诗人的代表,只要他一拿起笔,思绪就像山洪暴发一样涌出来,就能写下脍炙人口的佳作。他的诗歌无论是写爱情,写生活,写风景,还是写人间疾苦,无不带有他独特的本色。

  作为一个浪漫主义诗人,徐志摩的散文也有着独特的韵味。他的散文语言节奏鲜明,诗意盎然,具有音乐性和哲理性。其中较为著名的是《翡冷翠山居闲话》《我所知道的康桥》《巴黎的鳞爪》。他在散文《翡冷翠山居闲话》中写道:"书是理想的伴侣,但你应得带书,是在火车上,在你住处的客室里,不是在你独身漫步的时候,什么伟大的深沉的鼓舞的清明的优美的思想的根源不是可以在风籁中,云彩里,山势与地形的起伏里,花草的颜色与香息里寻得?"语言的流畅、意境的营造、自我情感的流露,突出表现了徐志摩散文的艺术特色。

  为了使读者充分领略徐志摩及其作品的风采,我们精心编辑了此书。这本书分为三个部分,包括诗歌篇、散文篇和书信篇,收入了《再别康桥》《雪花的快乐》《沙扬娜拉十八首》等传世名作。为了保证作品的原汁原味,全书内容和文字校订方面,仅改正了原著中个别错字和标点。其中的异体字、假借字等,完全按照原著保留,未做修改。希望读者在品读的过程中,能够获得情感的熏陶,接受文学的滋养!

◎ **志摩的诗** / 2

 月下待杜鹃不来 / 2

 东山小曲 / 4

 雪花的快乐 / 6

 我有一个恋爱 / 8

 沙扬娜拉十八首 / 10

 庐山小诗两首 / 17

 落叶小唱 / 19

 为要寻一个明星 / 21

 自然与人生 / 23

 一个祈祷 / 26

 地中海 / 27

 破庙 / 29

 一家古怪的店铺 / 31

 这是一个懦怯的世界 / 33

 留别日本 / 35

 冢中的岁月 / 37

◎ **翡冷翠的一夜** / 39

 翡冷翠的一夜 / 39

 西伯利亚 / 44

 西伯利亚道中忆西湖秋雪庵芦

  色作歌 / 46

 苏苏 / 48

 罪与罚（一）/ 50

 罪与罚（二）/ 51

 又一次试验 / 55

大帅 / 57

人变兽 / 60

◎ **猛虎集** / 61

再别康桥 / 61

我不知道风是在哪一个

方向吹 / 64

干着急 / 66

哈代 / 67

怨得 / 70

在不知名的道旁（印度） / 71

残破 / 73

泰山 / 75

给—— / 76

黄鹂 / 77

生活 / 78

他眼里有你 / 79

◎ **云游** / 80

一九三〇年春 / 80

火车擒住轨 / 81

云游 / 84

你去 / 85

爱的灵感 / 87

在病中 / 108

◎ **集外集** / 110

海边的梦 / 110

听槐格讷（Wagner）乐剧 / 113

夏日田间即景（近沙士顿） / 116

北方的冬天是冬天 / 118

我是个无依无伴的小孩 / 119

幻想 / 125

白话词十二首 / 127

秋阳 / 135

我所知道的康桥 / 138

拜伦 / 199

翡冷翠山居闲话 / 151

我的彼得 / 211

"浓得化不开"（星加坡）/ 155

卢梭与幼稚教育 / 217

"浓得化不开"之二（香港）/ 162

家德 / 229

泰山日出 / 167

自剖 / 237

泰戈尔 / 170

"话" / 246

落叶 / 178

致凌叔华 / 262

致父母 / 276

致林徽因 / 266

致梁启超 / 279

致张幼仪 / 267

致胡适 / 280

致陆小曼 / 268

诗歌篇

徐志摩

志摩的诗

月下待杜鹃不来

看一回凝静的桥影，
数一数螺钿的波纹，
我倚暖了石栏的青苔，
青苔凉透了我的心坎；

月儿，你休学新娘羞，
把锦被掩盖你光艳首，
你昨宵也在此勾留，
可听她允许今夜来否？

听远村寺塔的钟声，

像梦里的轻涛吐复收,
省心海念潮的涨歇,
依稀漂泊踉跄的孤舟;

水粼粼,夜冥冥,思悠悠,
何处是我恋的多情友?
风飕飕,柳飘飘,榆钱斗斗,
令人长忆伤春的歌喉。

    (载于1923年3月29日《时事新报·学灯》)

东山小曲
（陕石白）

早上——太阳在山坡上笑，
　　　　太阳在山坡上叫：——
看羊的，你来吧，
　　这里有粉嫩的草，鲜甜的料，
　　好把你的老山羊，小山羊，喂个滚饱；
小孩们你们也来吧，
　　这里有大树，有石洞，有蚱蜢，有小鸟，
　　快来捉一会迷藏，豁一个虎跳。

中上——太阳在山腰里笑，
　　　　太阳在山坳里叫：——
游山的你们来吧，
　　这里来望望天，望望田，消消遣，
　　忘记你的心事，丢掉你的烦恼；
叫化子们你们也来吧，

这里来偎火热的太阳,胜如一件棉袄,
　　还有香客的布施,岂不是好?

晚上——太阳已经躲好,
　　太阳已经去了:——
野鬼们你们来吧,
　　黑巍巍的星光,照着冷清清的庙,
　　树林里有只猫头鹰,半天里有只九头鸟;
来吧,来吧,一齐来吧,
　　撞开你的顶头板,唱起你的追魂调,
　　那边来了个和尚,快去耍他一个灵魂出窍!

（写于1924年1月20日,载于1924年2月10日《小说月报》第15卷第2期）

雪花的快乐

假如我是一朵雪花,
翩翩的在半空里潇洒,
　我一定认清我的方向——
　　飞扬,飞扬,飞扬——
这地面上有我的方向。

不去那冷寞的幽谷,
不去那凄清的山麓,
　也不上荒街去惆怅——
　　飞扬,飞扬,飞扬——
你看,我有我的方向!

在半空里娟娟的飞舞,
认明了那清幽的住处,
　等着她来花园里探望——
　　飞扬,飞扬,飞扬——

啊,她身上有朱砂梅的清香!

那时我凭借我的身轻,
盈盈的,沾住了她的衣襟,
　　贴近她柔波似的心胸——
　　消溶,消溶,消溶——
溶入了她柔波似的心胸!

（写于1924年12月30日,载于1925年1月17日《现代评论》第1卷第6期）

我有一个恋爱

我有一个恋爱——
我爱天上的明星；
我爱它们的晶莹：
　人间没有这异样的神明。

在冷峭的暮冬的黄昏，
在寂寞的灰色的清晨。

在海上，在风雨后的山顶——
　永远有一颗，万颗的明星！

山涧边小草花的知心，
高楼上小孩童的欢欣，
旅行人的灯亮与南针——
　万万里外闪烁的精灵！

我有一个破碎的魂灵，
像一堆破碎的水晶，
散布在荒野的枯草里——
　　饱啜你一瞬瞬的殷勤。

人生的冰激与柔情，
我也曾尝味，我也曾容忍；
有时阶砌下蟋蟀的秋吟，
　　引起我心伤，逼迫我泪零。

我袒露我的坦白的胸襟，
献爱与一天的明星；
任凭人生是幻是真，
地球存在或是消泯——
　　大空中永远有不昧的明星！

（写于1925年8月之前）

沙扬娜拉十八首

一

我记得扶桑海上的朝阳,
　　黄金似的散布在扶桑的海上;
我记得扶桑海上的群岛,
　　翡翠似的浮沤在扶桑的海上——
　　　沙扬娜拉!

二

趁航在轻涛间,悠悠的,
　　我见有一星星古式的渔舟,
像一群无忧的海鸟,
　　在黄昏的波光里息羽优游,
　　　沙扬娜拉!

三

这是一座墓园;谁家的墓园

占尽这山中的清风,松馨与流云?

我最不忘那美丽的墓碑与碑铭,

  墓中人生前亦有山风与松馨似的清明——

    沙扬娜拉!(神户山中墓园)

四

听几折风前的流莺,

  看阔翅的鹰鹞穿度浮云,

我倚着一本古松瞑眸:

  问墓中人何似墓上人的清闲?——

    沙扬娜拉!(神户山中墓园)

五

健康,欢欣,疯魔,我羡慕

  你们同声的欢呼"阿罗呀嗜"!

我欣幸我参与这满城的花雨,

  连翩的蛱蝶飞舞,"阿罗呀嗜"!

    沙扬娜拉!(大阪典祝)

六

增添我梦里的乐音——便如今——

一声声的木屐,清脆,新鲜,殷勤,
又况是满街艳丽的灯影,
灯影里欢声腾跃,"阿罗呀喈"!
　　沙扬娜拉!(大阪典祝)

七

仿佛三峡间的风流,
　　保津川有青嶂连绵的锦绣;
仿佛三峡间的险峨,
　　飞沫里趁急矢似的扁舟——
　　　沙扬娜拉!(保津川急湍)

八

度一关湍险,驶一段清涟,
　　清涟里有青山的倩影;
撑定了长篙,小驻在波心,
　　波心里看闲适的鱼群——
　　　沙扬娜拉!(同前)

九

静!且停那桨声胶爱,

听青林里嘹亮的欢欣,

是画眉,是知更?像是滴滴的香液,

滴入我的苦渴的心灵——

沙扬娜拉!(同前)

十

"乌塔":莫讪笑游客的疯狂,

舟人,你们享尽山水的清幽,

喝一杯"沙鸡",朋友,共醉风光,

"乌塔,乌塔"!山灵不嫌粗鲁的歌喉——

沙扬娜拉!(同前)

十一

我不辨——辨亦无须——这异样的歌词,

像不逞的波澜在岩窟间吽嘶,

像衰老的武士诉说壮年时的身世,

"乌塔乌塔"!我满怀滟滟的遐思——

沙扬娜拉!(同前)

十二

那是杜鹃!她绣一条锦带,

迤逦着那青山的青麓；

啊，那碧波里亦有她的芳躅，

　　碧波里掩映着她桃蕊似的娇怯——

　　　　沙扬娜拉！（同前）

十三

但供给我沉酣的陶醉，

　　不仅是杜鹃花的幽芳；

倍胜于娇柔的杜鹃，

　　最难忘更娇柔的女郎！

　　　　沙扬娜拉！

十四

我爱慕她们体态的轻盈，

　　妩媚是天生，妩媚是天生！

我爱慕她们颜色的调匀，

　　蝴蝶似的光艳，蛱蝶似的轻盈——

　　　　沙扬娜拉！

十五

不辜负造化主的匠心，

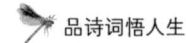

她们流盼中有无限的殷勤;

比如熏风与花香似的自由,

　　我餐不尽她们的笑靥与柔情——

　　　　沙扬娜拉!

十六

我是一只幽谷里的夜蝶:

　　在草丛间成形,在黑暗里飞行,

我献致我翅羽上美丽的金粉,

　　我爱恋万万里外闪亮的明星——

　　　　沙扬娜拉!

十七

我是一只酣醉了的花蜂:

　　我饱啜了芬芳,我不讳我的猖狂;

如今,在归途上嘤嗡着我的小嗓,

　　想赞美那别样的花酿,我曾经恣尝——

　　　　沙扬娜拉!

十八

最是那一低头的温柔,

像一朵水莲花不胜凉风的娇羞,
道一声珍重,道一声珍重,
 那一声珍重里有蜜甜的忧愁——
  沙扬娜拉!

(写于1924年5—6月随泰戈尔访日期间)

庐山小诗两首

一 朝雾里的小草花

这岂是偶然,小玲珑的野花!
　你轻含着鲜露颗颗,
怦动的像是慕光明的花蛾,
在黑暗里想念焰彩,晴霞;

我此时在这蔓草丛中过路,
　无端的内感,惆怅与惊讶,
　在这迷雾里,在这岩壁下,
思忖着,泪怦怦的,人生与鲜露?

二 山中大雾看景

这一瞬息的展露——
　　是山雾
　　是台幕
这一转瞬的沉闷,

是云蒸,

是人生?

那分明是山,水,田,庐,

又分明是悲,欢,喜,怒,

啊,这眼前刹那间开朗,

我仿佛感悟了造化的无常。

(约写于1924年8月,载于1924年12月5日《晨报·文学旬刊》)

落叶小唱

一阵声响转上了阶沿
（我正挨近着梦乡边；）
这回准是她的脚步了，我想——
　　在这深夜！

一声剥啄在我的窗上
（我正靠紧着睡乡旁；）
这准是她来闹着玩——你看，
　　我偏不张皇！

一个声息贴近我的床，
我说（一半是睡梦，一半是迷惘）——
"你总不能明白我，你又何苦
　　多叫我心伤！"

一声喟息落在我的枕边

（我已在梦乡里留恋；）
"我负了你"你说——你的热泪
　　烫着我的脸！

这音响恼着我的梦魂
（落叶在庭前舞，一阵，又一阵；）
梦完了，啊，回复清醒；恼人的——
　　却只是秋声！

　　　　　　　　　　　　（写于 1925 年 8 月之前）

为要寻一个明星

我骑着一匹拐腿的瞎马,
　　向着黑夜里加鞭——
　　向着黑夜里加鞭,
我跨着一匹拐腿的瞎马。

我冲入这黑绵绵的昏夜,
　　为要寻一颗明星——
　　为要寻一颗明星,
我冲入这黑茫茫的荒野。

累坏了,累坏了我胯下的牲口,
　　那明星还不出现——
　　那明星还不出现,
累坏了,累坏了马鞍上的身手。

这回天上透出了水晶似的光明,

荒野里倒着一只牲口,

黑夜里躺着一具尸首——

这回天上透出了水晶似的光明!

(写于 1924 年 11 月 23 日,载于 1924 年 12 月 1 日《晨报六周年纪念增刊》)

自然与人生

风,雨,山岳的震怒:
　　猛进,猛进!
显你们的猖獗,暴烈,威武;
　　霹雳是你们的酣叫,
　　雷震是你们的军鼓——
万丈的峰峦在涌汹的战阵里
　　失色,动摇,颠播;
　　猛进,猛进!
这黑沉沉的下界,是你们的俘虏!

壮观!仿佛跳出了人生的关塞,
凭着智慧的明辉,回看
这伟大的悲惨的趣剧,在时空
无际的舞台上,更番的演着:——
我驻足在岱岳的顶巅,
在阳光朗照着的顶巅,俯看山腰里

蜂起的云潮敛着,叠着,渐缓的
淹没了眼下的青峦与幽壑:
霎时的开始了,骇人的工作。

风,雨,雷霆,山岳的震怒——
　　猛进,猛进!
矫捷的,猛烈的:吼着,打击着,咆哮着;
烈情的火焰,在层云中狂窜:
恋爱,嫉妒,咒诅,嘲讽,报复,牺牲,烦闷,
　　疯犬似的跳着,追着,嗥着,咬着,
毒蟒似的绞着,翻着,扫着,舐着——
　　猛进,猛进!
狂风,暴雨,电闪,雷霆:
　　烈情与人生!

静了,静了——
不见了晦盲的云罗与雾锢,
只有轻纱似的浮沤,在透明的晴空,
冉冉的飞升,冉冉的翳隐,
像是白羽的安琪,捷报天庭。

静了,静了——

眼前消失了战阵的幻景,

回复了幽谷与冈峦与森林,

青葱,凝静,芳馨,像一个浴罢的处女,

忸怩的无言,默默的自怜。

变幻的自然,变幻的人生,

瞬息的转变,暴烈与和平,

刿心的惨剧与怡神的宁静:——

谁是主,谁是宾,谁幻复谁真?

莫非是造化儿的诙谐与游戏,

恣意的反复着涕泪与欢喜,

厄难与幸运,娱乐他的冷酷的心,

与我在云外看雷阵,一般的无情?

(载于1925年2月5日《晨报·文学旬刊》)

一个祈祷
（A Prayer）

请听我悲哽的声音，祈求于我爱的神：
人间那一个的身上，不带些儿创与伤！
哪有高洁的灵魂，不经地狱，便登天堂：
我是肉薄过刀山，炮烙，闯度了奈何桥，
方有今日这颗赤裸裸的心，自由高傲！

这颗赤裸裸的心，请收了罢，我的爱神！
因为除了你更无人，给他温慰与生命，
否则，你就将他磨成齑粉，散入西天云，
但他精诚的颜色，却永远点染你春朝的
新思，秋夜的梦境；怜悯罢，我的爱神！

（写于1923年6月，载于1923年7月1日《晨报·文学旬刊》）

地中海

海呀！你宏大幽秘的音息，不是无因而来的！
　这风稳日丽，也不是无因而然的！
这些进行不歇的波浪，唤起了思想同情的反应——
涨，落——隐，现——去，来……
无量数的浪花，各各不同，各有奇趣的花样，——
　一树上没有两张相同的叶片，
　天上没有两朵相同的云彩。
地中海呀！你是欧洲文明最老的见证！
魔大的帝国，曾经一再笼卷你的两岸；
霸业的命运，曾经再三在你酥胸上定夺；
无数的帝王，英雄，诗人，僧侣，寇盗，商贾，曾经在你怀抱中得意，失志，灭亡；
无数的财货，牲畜，人命，舰队，商船，渔艇，曾经沉入你的无底的渊壑；
无数的朝彩晚霞，星光月色，血腥，血糜，曾经浸染涂糁你的面庞；

无数的风涛，雷电，炮声，潜艇，曾经扰乱你平安的居处；
屈洛安城焚的火光，阿脱洛庵家的惨剧，
沙伦女的歌声，迦太基奴女被掳过海的哭声，
维雪维亚炸裂的彩色，
尼罗河口，铁拉法尔加唱凯的歌音……
都曾经供你耳刹那的欢娱。

历史来，历史去：
　　埃及，波斯，希腊，马其顿，罗马，西班牙——
　　至多也不过抵你一缕浪花的涨歇，一茎春花的开落！
但是你呢——
依旧冲洗着欧非亚的海岸，
　依旧保存着你青年的颜色，
　　（时间不曾在你面上留痕迹。）
　依旧继续着你自在无挂的涨落，
　　依旧呼啸着你厌世的骚愁，
　　依旧翻新着你浪花的样式，——
这孤零零的神秘伟大的地中海呀！

（写于1922年8月从英国归国途中，载于1922年12月24日《努力周报》第34期）

破庙

慌张的急雨将我
赶入了黑丛丛的山坳,
迫近我头顶在腾拿,
恶狠狠的乌龙巨爪;
枣树兀兀地隐蔽着
一座静悄悄的破庙,
我满身的雨点雨块,
躲进了昏沉沉的破庙;

雷雨越发来得大了:
霍隆隆半天里霹雳,
豁喇喇林叶树根苗,
山谷山石,一齐怒号,
千万条的金剪金蛇,
飞入阴森森的破庙,
我浑身战抖,趁电光

估量这冷冰冰的破庙；

我禁不住大声喊叫，
电光火把似的照耀，
照出我身旁神龛里
一个青面狞笑的神道，
电光去了，霹雳又到，
不见了狞笑的神道，
硬雨石块似的倒泻——
我独身藏躲在破庙；

千年万年应该过了！
只觉得浑身的毛窍，
只听得骇人声怪叫，
只记得那凶恶的神道，
忘记了我现在的破庙；
好容易雨收了，雷休了，
血红的太阳，满天照耀，
照出一个我，一座破庙！

（载于1923年6月11日《晨报·文学旬刊》）

一家古怪的店铺

有一家古怪的店铺,
隐藏在那荒山的坡下;
我们村里白发的公婆,
也不知他们何时起家。

相隔一条大河,船筏难渡;
有时青林里袅起髻螺,
在夏秋间明净的晨暮——
料是他家工作的烟雾。

有时在寂静的深夜,
狗吠隐约炉捶的声响,
我们忠厚的更夫常见
对河山脚下火光上飏。

是种田钩镰,是马蹄铁鞋,

是金银妙件,还是杀人凶械?

何以永恋此林山,荒野,

神秘的捶工呀,深隐难见?

这是家古怪的店铺,

隐藏在荒山的坡下;

我们村里白发的公婆,

也不知他们何时起家。

(写于1923年7月7日,载于1923年7月11日《晨报·文学旬刊》)

这是一个懦怯的世界

这是一个懦怯的世界；
　容不得恋爱，容不得恋爱！
披散你的满头发，
赤露你的一双脚；
　跟着我来，我的恋爱，
抛弃这个世界
殉我们的恋爱！

我拉着你的手，
爱，你跟着我走；
　听凭荆棘把我们的脚心刺透，
　听凭冰雹劈破我们的头，
你跟着我走，
我拉着你的手，
　逃出了牢笼，恢复我们的自由！

跟着我来,

　　我的恋爱!

人间已经掉落在我们的后背——

看呀,这不是白茫茫的大海?

白茫茫的大海,

白茫茫的大海,

　　无边的自由,我与你与恋爱!

顺着我的指头看,

　　那天边一小星的蓝——

　　那是一座岛,岛上有青草,

鲜花,美丽的走兽与飞鸟;

快上这轻快的小艇,

去到那理想的天庭——

　　恋爱,欢欣,自由——辞别了人间,永远!

(写于 1925 年 2 月)

留别日本

我惭愧我来自古文明的乡国,
我惭愧我脉管中有古先民的遗血,
我惭愧扬子江的流波如今溷浊,
我惭愧——我面对着富士山的清越!

古唐时的壮健常萦我的梦想:
那时洛邑的月色,那时长安的阳光;
那时蜀道的啼猿,那时巫峡的涛响;
更有那哀怨的琵琶,在深夜的浔阳!

但这千余年的痿痹,千余年的懵懂:
更无从辨认——当初华族的优美,从容!
摧残这生命的艺术,是何处来的狂风?——
缅念那遍中原的白骨,我不能无恸!

我是一枚飘泊的黄叶,在旋风里飘泊,

回想所从来的巨干，如今枯秃；
我是一颗不幸的水滴，在泥潭里匍匐——
但这干涸了的涧身，亦曾有水流活泼。
我欲化一阵春风，一阵吹嘘生命的春风，
催促那寂寞的大木，惊破他深长的迷梦；
我要一把倔强的铁锹，铲除淤塞与臃肿，
开放那伟大的潜流，又一度在宇宙间汹涌。

为此我羡慕这岛民依旧保持着往古的风尚，
在朴素的乡间想见古社会的雅驯，清洁，壮旷，
我不敢不祈祷古家邦的重光，但同时我愿望——
愿东方的朝霞永葆扶桑的优美，优美的扶桑！

（写于1924年5—6月随泰戈尔访日期间，载于1925年8月中华书局《志摩的诗》）

冢中的岁月

白杨树上一阵鸦啼，
白杨树上叶落纷披，
白杨树下有荒土一堆：
亦无有青草，亦无有墓碑。

亦无有蛱蝶双飞，
亦无有过客依违，
有时点缀荒野的暮霭，
土堆邻近有青磷闪闪。

埋葬了也不得安逸，
髑髅在坟底叹息；
舍手了也不得静谧，
髑髅在坟底饮泣。

破碎的愿望梗塞我的呼吸，

伤禽似的震悸着他的羽翼；
白骨放射着赤色的火焰——
却烧不尽生前的恋与怨。

白杨在西风里无语，摇曳，
孤魂在墓窟的凄凉里寻味：
"从不享，可怜，祭扫的温慰，
更有谁存念我生平的梗概！"
（写于1923年9月，载于1924年10月15日《晨报副镌》）

翡冷翠的一夜

翡冷翠①的一夜

你真的走了,明天?那我,那我……
你也不用管,迟早有那一天;
你愿意记着我,就记着我,
要不然趁早忘了这世界上
有我,省得想起时空着恼,
只当是一个梦,一个幻想;
只当是前天我们见的残红,
怯怜怜的在风前抖搂,一瓣,

---

① 指佛罗伦萨,是意大利的一个城市,在文艺复兴时期是欧洲赫赫有名的艺术中心之一。

两瓣，落地，叫人踩，变泥……
唉，叫人踩，变泥——变了泥倒干净，
这半死不活的才叫是受罪，
看着寒伧，累赘，叫人白眼——
天呀！你何苦来，你何苦来……
我可忘不了你，那一天你来，
就比如黑暗的前途见了光彩，
你是我的先生，我爱，我的恩人，
你教给我什么是生命，什么是爱，
你惊醒我的昏迷，偿还我的天真，
没有你我哪知道天是高，草是青？
你摸摸我的心，它这下跳得多快；
再摸我的脸，烧得多焦，亏这夜黑
看不见；爱，我气都喘不过来了，
别亲我了；我受不住这烈火似的活，
这阵子我的灵魂就像是火砖上的
熟铁，在爱的锤子下，砸，砸，火花
四散的飞洒……我晕了，抱着我，
爱，就让我在这儿清静的园内，
闭着眼，死在你的胸前，多美！

头顶白杨树上的风声,沙沙的,

算是我的丧歌,这一阵清风,

橄榄林里吹来的,带着石榴花香,

就带了我的灵魂走,还有那萤火,

多情的殷勤的萤火,有他们照路,

我到了那三环洞的桥上再停步,

听你在这儿抱着我半暖的身体,

悲声的叫我,亲我,摇我,咂我……

我就微笑的再跟着清风走,

随他领着我,天堂,地狱,哪儿都成,

反正丢了这可厌的人生,实现这死

在爱里,这爱中心的死,不强如

五百次的投生?……自私,我知道,

可我也管不着……你伴着我死?

什么,不成双就不是完全的"爱死",

要飞升也得两对翅膀儿打伙,

进了天堂还不一样的得照顾,

我少不了你,你也不能没有我;

要是地狱,我单身去你更不放心,

你说地狱不定比这世界文明

（虽则我不信，）像我这娇嫩的花朵，

难保不再遭风暴，不叫雨打，

那时候我喊你，你也听不分明——

那不是求解脱反投进了泥坑，

倒叫冷眼的鬼串通了冷心的人，

笑我的命运，笑你懦怯的粗心？

这话也有理，那叫我怎么办呢？

活着难，太难，就死也不得自由，

我又不愿你为我牺牲你的前程……

唉！你说还是活着等，等那一天！

有那一天吗？——你在，就是我的信心；

可是天亮你就得走，你真的忍心

丢了我走？我又不能留你，这是命；

但这花，没阳光晒，没甘露浸，

不死也不免瓣尖儿焦萎，多可怜！

你不能忘我，爱，除了在你的心里，

我再没有命；是，我听你的话，我等，

等铁树儿开花我也得耐心等；

爱，你永远是我头顶的一颗明星：

要是不幸死了，我就变一个萤火，

在这园里，挨着草根，暗沉沉的飞，

黄昏飞到半夜，半夜飞到天明，

只愿天空不生云，我望得见天，

天上那颗不变的大星，那是你，

但愿你为我多放光明，隔着夜，

隔着天，通着恋爱的灵犀一点……

六月十一日，一九二五年翡冷翠山中

（载于1926年1月2日《现代评论》第3卷）

西伯利亚
（残稿）

西伯利亚——我早年时想象
你不是受上天恩情的地域：
荒凉，严肃，不可比况的冷酷。
在冻雾里，在无边的雪地里，
有局促的生灵们，半像鬼，枯瘦，
黑面目，佝偻，默无声的工作。
在他们，这地面是寒冰的地狱，
天空不留一丝霞彩的希冀，
更不问人事的恩情，人情的旖旎；
这是为怨郁的人间淤藏怨郁，
茫茫的白雪里渲染人道的鲜血，
西伯利亚，你象征的是恐怖，荒虚。

但今天，我面对这异样的风光——
不是荒原，这春夏间的西伯利亚，

更不见严冬时的坚冰，枯枝，寒鸦；

在这乌拉尔东来的草田，茂旺，葱秀，

牛马的乐园，几千里无际的绿洲，

更有那重叠的森林，赤松与白杨，

灌属的小丛林，手挽手的滋长；

那赤皮松，像巨万赭衣的战士，

森森的，悄悄的，等待冲锋的号示，

那白杨，婀娜的多姿，最是那树皮，

白如霜，依稀林中仙女们的轻衣；

就这天——这天也不是寻常的开朗：

看，蓝空中往来的是轻快的仙航，——

那不是云彩，那是天神们的微笑，

琼花似的幻化在这圆穹的周遭……

一九二五年过西伯利亚倚车窗眺景随笔

（写于1925年3月，载于1926年4月15日《晨报副镌·诗镌》）

西伯利亚道中忆西湖秋雪庵芦色作歌

我捡起一枝肥圆的芦梗,
　　　　在这秋月下的芦田;
我试一试芦笛的新声,
　　　　在月下的秋雪庵前。

这秋月是纷飞的碎玉,
　　　　芦田是神仙的别殿;
我弄一弄芦管的幽乐——
　　　　我映影在秋雪庵前。

我先吹我心中的欢喜——
　　　　清风吹露芦雪的酥胸;
我再弄我欢喜的心机——
　　　　芦田中见万点的飞萤。

我记起了我生平的惆怅,

中怀不禁一阵凄迷,

笛韵中也听出了新来凄凉——

  近水间有断续的蛙啼。

这时候芦雪在明月下翻舞,

  我暗地思量人生的奥妙,

我正想谱一折人生的新歌,

  啊,那芦笛(碎了)再不成音调!

这秋月是缤纷的碎玉,

  芦田是仙家的别殿;

我弄一弄芦管的幽乐——

  我映影在秋雪庵前。

我捡起一枝肥圆的芦梗,

  在这秋月下的芦田;

我试一试芦笛的新声,

  在月下的秋雪庵前。

(写于1925年3月中旬过西伯利亚时,载于1925年9月7日《晨报副镌》)

苏苏

苏苏是一个痴心的女子：
　　像一朵野蔷薇，她的丰姿；
　　像一朵野蔷薇，她的丰姿——
来一阵暴风雨，摧残了她的身世，

这荒草地里有她的墓碑
　　淹没在蔓草里，她的伤悲；
　　淹没在蔓草里，她的伤悲——
啊，这荒土里化生了血染的蔷薇！

那蔷薇是痴心女的灵魂，
　　在清早上受清露的滋润，
　　到黄昏时有晚风来温存，
更有那长夜的慰安，看星斗纵横。

你说这应分是她的平安？

但运命又叫无情的手来攀,

攀,攀尽了青条上的灿烂——

可怜呵,苏苏她又遭一度的摧残!

(写于1925年5月5日,载于1925年12月1日《晨报七周年纪念增刊》)

罪与罚（一）

在这冰冷的深夜，在这冰冷的庙前，

匍匐着，星光里照出，一个冰冷的人形，

是病吗？不听见有呻吟。

死了吗？她肢体在颤震。

啊，假如你的手能向深奥处摸索，

她那冰冷的身体里还有个更冷的心！

她不是遇难的孤身，

她不是被摈弃的妇人

不是尼僧，尼僧也不来深夜里修行；

她没有犯法，她的不是寻常的罪名：

她是一个美妇人，

她是一个恶妇人——

她今天忽然发觉了她无形中的罪孽，

因此在这深夜里到上帝跟前来招认。

（载于 1926 年 4 月 21 日《晨报副镌·诗镌》第 4 期）

罪与罚(二)

"你——你问我为什么对你脸红?
这是天良,朋友,天良的火烧,
好,交给你了,记下我的口供,
满铺着谎的床上哪睡得着?

"你先不用问她们那都是谁,
回头你——(你有水不?我喝一口。
单这一提,我的天良就直追,
逼得我一口气直顶着咽喉。)

"冤孽!天给我这样儿:毒的香,
造孽的根,假温柔的野兽!
什么意识,什么天理,什么思想,
哪敌得住那肉鲜鲜的引诱!

"先是她家那嫂子,风流,当然:

偏嫁了个丈夫不是个男人；
这干烤着的木柴早够危险，
再来一星星的火花——不就成！

"那一星的火花正轮着我——该！
才一面，够干脆的，魔鬼的得意；
一瞟眼，一条线，半个黑夜，
十七岁的童贞，一个活寡的急！

"堕落是一个进了出不得的坑，
可不是个陷坑，越陷越没有底；
咒他的！一桩桩更鲜艳的沉沦，
挂彩似的扮得我全没了主意！

"现吃亏的当然是女人，也可怜，
一步的孽报追着一步的孽因，
她又不能往阉子身上推，活罪——
一包药粉换着了一身的毒鳞！

"这还是引子，下文才真是孽债：

她家里另有一双并蒂的白莲,
透水的鲜,上帝禁阻闲蜂来采,
但运命偏不容这白玉的贞坚。

"那西湖上一宿的猖狂,又是我,
你知道,捣毁了那并蒂的莲苞——
单只一度!但这一度!谁能饶恕
天这蹂躏!这色情狂的恶屠刀!

"那大的叫铃的偏对浪子情痴,
她对我矢贞,你说这事情多瘪!
我本没有自由,又不能伴她死,
眼看她疯,丢丑,喔!雷砸我的脸!

"这事情说来你也该早明白,
我见着你眼内一阵阵的冒火:
本来!今儿我是你的囚犯,听凭
你发落,你裁判,杀了我,绞了我;

"我半点儿不生怨意,我再不能

不自首,天良逼得我没缝儿躲;
年轻人谁免得了有时候朦混,
但是天,我的分儿不有点太酷?

"谁料到这造孽的网兜着了你,
你,我的长兄,我的唯一的好友!
你爱箕,箕也爱你;箕是无罪的:
有罪是我,天罚那离奇的引诱!

"她的忠顺你知道,这六七年里,
她哪一事不为你牺牲,你不说
女人再没有箕的自苦,她为你
甘心自苦,为要洗净那一点错。

"这错又不是她的,你不能怪她;
话说完了,我放下了我的重负,
我唯一的祈求是保全你的家:
她是无罪的,我再说,我的朋友!"
　　　　　　(载于1927年9月上海新月书店《翡冷翠的一夜》)

又一次试验

上帝捋着他的须,
说"我又有了兴趣,
上次的试验有点糟,
这回的保管是高妙。"

脱下了他的枣红袍,
戴上了他的遮阳帽,
老头他抓起一把土,
快活又有了工作做。

"这回不叫再像我,"
他弯着手指使劲塑:
"鼻孔还是给你有,
可不把灵性往里透!

"给了也还是白丢,

能有几个走回头；
灵性又不比鲜鱼子，
化生在水里就长翅！

"我老头再也不上当，
眼看圣洁的变肮脏——
就这儿情形多可气，
哪个安琪身上不带蛆！"
　　　　（载于1926年5月6日《晨报副镌·诗镌》第6期）

大帅
——战歌之一

（见日报，前敌战士，随死随掩，间有未死者，即被活埋。）

"大帅有命令以后打死了的尸体
再不用往回挪（叫人看了挫气，）
　就在前边儿挖一个大坑，
　　拿瘪了的弟兄们往里掷，
　　　掷满了给平上土，
　　　给它一个大糊涂，
　　　也不用给做记认，
　　　管他是姓贾姓曾！
也好，省得他们家里人见了伤心：
　　娘抱着个烂了的头，
　　弟弟提溜着一只手，
新娶的媳妇到手个脓包的腰身！"

"我说这坑死人也不是没有味儿,
有那西晒的太阳做我们的伴儿,
瞧我这一抄,抄住了老丙,
他大前天还跟我吃烙饼,
 叫了壶大白干,
 咱们俩随便谈,
 你知道他那神气,
 一只眼老是这挤:
谁想他来不到三天就做了炮灰,
 老丙他打仗倒是勇,
  你瞧他身上的窟窿!——
去你的,老丙,咱们来就是当死胚!

"天快黑了,怎么好,还有这一大堆?
听炮声,这半天又该是我们的毁!
 麻利点儿,我说你瞧,三哥,
 那黑刺刺的可不又是一个!
  嘿,三哥,有没有死的,
  还开着眼流着泪哩!
  我说三哥这怎么来,

总不能拿人活着埋!"——

"吁,老五,别言语,听大帅的话没有错:

　见个儿就给铲,

　见个儿就给埋,

躲开,瞧我的;欧,去你的,谁跟你啰嗦!"

（载于1926年6月3日《晨报副镌·诗镌》第10期）

人变兽
——战歌之二

朋友,这年头真不容易过,
你出城去看光景就有数——
柳林中有乌鸦们在争吵,
分不匀死人身上的脂膏;

城门洞里一阵阵的旋风
起,跳舞着没脑袋的英雄,
那田畦里碧葱葱的豆苗,
你信不信全是用鲜血浇!
还有那井边挑水的姑娘,
你问她为甚走道像带伤——

抹下西山黄昏的一天紫,
也涂不没这人变兽的耻!

(写于1926年5月,载于1926年6月3日《晨报副镌·诗镌》第10期)

猛虎集

再别康桥①

轻轻的我走了,
　　正如我轻轻的来;
我轻轻的招手,
　　作别西天的云彩。

那河畔的金柳,
　　是夕阳中的新娘;
波光里的艳影,

---
① 康桥：即剑桥，在英国东南部。

在我的心头荡漾。

软泥上的青荇，
　　油油的在水底招摇；
在康河的柔波里，
　　我甘心做一条水草！

那榆荫下的一潭，
　　不是清泉，是天上虹，
揉碎在浮藻间，
　　沉淀著彩虹似的梦。

寻梦？撑一支长篙，
　　向青草更青处漫溯，
满载一船星辉，
　　在星辉斑斓里放歌。

但我不能放歌，
　　悄悄是别离的笙箫；
夏虫也为我沉默，

沉默是今晚的康桥!

悄悄的我走了,
　　正如我悄悄的来;
我挥一挥衣袖,
　　不带走一片云彩。

十一月六日 中国海上

(写于1928年,载于1928年12月10日《新月》第1卷第10号)

我不知道风是在哪一个方向吹

我不知道风

是在哪一个方向吹——

我是在梦中,

在梦的轻波里依洄。

我不知道风

是在哪一个方向吹——

我是在梦中,

她的温存,我的迷醉。

我不知道风

是在哪一个方向吹——

我是在梦中,

甜美是梦里的光辉。

我不知道风

是在哪一个方向吹——

我是在梦中,

她的负心,我的伤悲。

我不知道风

是在哪一个方向吹——

我是在梦中,

在梦的悲哀里心碎!

我不知道风

是在哪一个方向吹——

我是在梦中,

黯淡是梦里的光辉。

(载于 1928 年 3 月 10 日《新月》第 1 卷第 1 号)

干着急

朋友,这干着急有什么用,
喝酒玩吧,这槐树下凉快;
看槐花直掉在你的杯中——
别嫌它:这也是一种的爱。

胡知了到天黑还在直叫
(她为我的心跳还不一样?)
那紫金山头有夕阳返照
(我心头,不是夕阳,是惆怅!)

这天黑得草木全变了形
(天黑可盖不了我的心焦;)
又是一天,天上点满了银
(又是一天,真是,这怎么好!)

秀山公园八月二十七日

(写于1927年8月27日,载于1927年9月10日《现代评论》第6卷第144期)

哈代

哈代，厌世的，不爱活的，
　　这回再不用怨言，
一个黑影蒙住他的眼？
　　去了，他再不漏脸。

八十八年不是容易过，
　　老头活该他的受，
扛着一肩思想的重负，
　　早晚都不得放手。

为什么放着甜的不尝，
　　暖和的座儿不坐，
偏挑那阴凄的调儿唱，
　　辣味儿辣得口破，

他是天生那老骨头僵，

一对眼拖着看人,
他看着了谁谁就遭殃,
　你不用跟他讲情!

他就爱把世界剖着瞧。
　是玫瑰也给拆坏;
他没有那画眉的纤巧,
　他有夜鸮的古怪!

古怪,他争的就只一点——
　一点"灵魂的自由",
也不是成心跟谁翻脸,
　认真就得认个透。

他可不是没有他的爱——
　他爱真诚,爱慈悲:
人生就说是一场梦幻,
　也不能没有安慰。

这日子你怪得他惆怅,

怪得他话里有刺,
他说乐观是"死尸脸上
　　抹着粉,搽着胭脂!"

这不是完全放弃希冀,
　　宇宙还得往下延,
但如果前途还有生机,
　　思想先不能随便。

为维护这思想的尊严,
　　诗人他不敢怠惰,
高擎着理想,睁大着眼,
　　抉剔人生的错误。

现在他去了,再不说话。
　　(你听这四野的静),
你爱忘了他就忘了他
　　(天吊明哲的凋零)!

旧历元旦

(写于1928年年初,载于1928年3月10日《新月》第1卷第1期)

怨得

怨得这相逢；
谁作的主？——风！

也就一半句话，
露水润了枯芽。
黑暗——放一箭光；
飞蛾：他受了伤。

偶然，真是的。
惆怅？喔何必！

伦敦旅次，九月

（写于1928年9月，载于1929年1月10日《新月》第1卷第11期）

在不知名的道旁(印度)

什么无名的苦痛,悲悼的新鲜,
什么压迫,什么冤屈,什么烧烫
你体肤的伤,妇人,使你蒙着脸
在这昏夜,在这不知名的道旁,
任凭过往人停步,讶异的看你,
你只是不作声,黑绵绵的坐地?

还有蹲在你身旁悚动的一堆,
一双小黑眼闪荡着异样的光,
像暗云天偶露的星晞,她是谁?
疑惧在她脸上,可怜的小羔羊,
她怎知道人生的严重,夜的黑,
她怎能明白运命的无情,惨烈?

聚了,又散了,过往人们的讶异。
刹那的同情也许;但他们不能

为你停留,妇人,你与你的儿女;

伴着你的孤单,只昏夜的阴沉,

与黑暗里的萤光,飞来你身旁,

来照亮那小黑眼闪荡的星芒!

(写于1928年10月31日,载于1929年2月1日《金屋月刊》第1卷第2期)

残破

一

深深的在深夜里坐着,
当窗有一团不圆的光亮,
　风挟着灰土,在大街上
　　小巷里奔跑:
我要在枯秃的笔尖上袅出
一种残破的残破的音调,
为要抒写我的残破的思潮。

二

深深的在深夜里坐着:
生尖角的夜凉在窗缝里
　妒忌屋内残余的暖气,
　　也不饶恕我的肢体:
但我要用我半干的墨水描成
一些残破的残破的花样,

因为残破,残破是我的思想。

三

深深的在深夜里坐着,
左右是一些丑怪的鬼影:
焦枯的落魄的树木
　　在冰沈沈的河沿叫喊,
　　　　比着绝望的姿势,
正如我要在残破的意识里
重兴起一个残破的天地。

四

深深的在深夜里坐着,
闭上眼回望到过去的云烟:
啊,她还是一枝冷艳的白莲,
　　斜靠着晓风,万种的玲珑;
但我不是阳光,也不是露水,
我有的只是些残破的呼吸,
　　如同封锁在壁椽间的群鼠,
追逐着,追求着黑暗与虚无!

（载于1930年4月《现代学生》第1卷第6期）

泰山

山!

你的阔大的巉岩,

像是绝海的惊涛,

忽地飞来,

 凌空

 不动,

在沉默的承受

日月与云霞拥戴的光豪:

更有万千星斗

 错落

在你的胸怀,

向诉说

隐奥

蕴藏在

岩石核心与崔嵬的天外!

    (载于1931年7月《新月》第3卷第9期)

给——

我记不得维也纳,
　　除了你,阿丽思;
我想不起佛兰克府,
　　除了你,桃乐斯;
尼司,佛洛伦司,巴黎,
　　也都没有意味,
要不是你们的艳丽,——
　　玖思,麦蒂特,腊妹,
　　翩翩的,盈盈的,
　　孜孜的,婷婷的,
照亮着我记忆的幽黑,
　　像冬夜的明星,
　　像暑夜的游萤,——
怎教我不倾颓!
怎教我不迷醉!

(写于1931年8月之前,载于1931年8月上海新月书店《猛虎集》)

黄鹂

一掠颜色飞上了树。
"看,一只黄鹂!"有人说。
翘着尾尖,它不作声,
艳异照亮了浓密——
像是春光,火焰,像是热情。

等候它唱,我们静着望,
怕惊了它。但它一展翅,
冲破浓密,化一朵彩云;
它飞了,不见了,没了——
像是春光,火焰,像是热情。

(载于1930年2月10日《新月》第2卷第12号)

生活

阴沉,黑暗,毒蛇似的蜿蜒,
生活逼成了一条甬道:
一度陷入,你只可向前,
手扪索着冷壁的粘潮,

在妖魔的脏腑内挣扎,
头顶不见一线的天光,
这魂魄,在恐怖的压迫下,
除了消灭更有什么愿望?

五月二十九日

(写于1928年5月29日,载于1929年5月10日《新月》第2卷第3号)

他眼里有你

我攀登了万仞的高冈,
荆棘扎烂了我的衣裳,
我向飘渺的云天外望——
　　上帝,我望不见你!

我向坚厚的地壳里掏,
捣毁了蛇龙们的老巢,
在无底的深潭里我叫——
　　上帝,我听不到你!

我在道旁见一个小孩:
活泼,秀丽,褴褛的衣衫;
他叫声妈,眼里亮着爱——
　　上帝,他眼里有你!

十一月二日星家坡

(载于1928年12月10日《新月》第1卷第10号)

云游

一九三〇年春

霹雳的一声笑,
从云空直透到地,
刮它的脸扎它的心,
说:"醒罢,老睡着干么?"
……
……

三日,沪宁车上

(写于1930年春,载于1932年7月上海新月书店《云游》)

火车擒住轨

火车擒住轨,在黑夜里奔:
过山,过水,过陈死人的坟;

过桥,听钢骨牛喘似的叫,
过荒野,过门户破烂的庙;

过池塘,群蛙在黑水里打鼓,
过噤口的村庄,不见一粒火;

过冰清的小站,上下没有客,
月台袒露着肚子,像是罪恶。

这时车的呻吟惊醒了天上
三两个星,躲在云缝里张望:

那是干什么的,他们在疑问,

大凉夜不歇着，直闹又是哼，

长虫似的一条，呼吸是火焰，
一死儿往暗里闯，不顾危险，

就凭那精窄的两道，算是轨，
驮着这份重，梦一般的累坠。

累坠！那些奇异的善良的人，
放平了心安睡，把他们不论

俊的村的命全盘交给了它，
不论爬的是高山还是低洼，

不问深林里有怪鸟在诅咒，
天象的辉煌全对着毁灭走；

只图眼前过得，咧大嘴打呼，
明儿车一到，抢了皮包走路！

这态度也不错,愁没有个底;
你我在天空,那天也不休息,

睁大了眼,什么事都看分明,
但自己又何尝能支使运命?

说什么光明,智慧永恒的美,
彼此同是在一条线上受罪;

就差你我的寿数比他们强,
这玩艺反正是一片糊涂账。

（写于1931年7月19日,载于1931年10月5日《诗刊》第3期）

云游

那天你翩翩的在空际云游,
自在,轻盈,你本不想停留
在天的那方或地的那角,
你的愉快是无拦阻的逍遥。

你更不经意在卑微的地面。
有一流涧水,虽则你的明艳
在过路时点染了他的空灵,
使他惊醒,将你的倩影抱紧。

他抱紧的只是绵密的忧愁,
因为美不能在风光中静止;
他要,你已飞渡万重的山头,
去更阔大的湖海投射影子!

他在为你消瘦,那一流涧水,
在无能的盼望,盼望你飞回!

(约写于 1931 年)

你去

你去，我也走，我们在此分手；
你上那一条大路，你放心走，
你看那街灯一直亮到天边，
你只消跟从这光明的直线！
你先走，我站在此地望着你，
放轻些脚步，别教灰土扬起，
我要认清你的远去的身影，
直到距离使我认你不分明，
再不然我就叫响你的名字，
不断的提醒你有我在这里
为消解荒街与深晚的荒凉，
目送你归去……
　　　　不，我自有主张，
你不必为我忧虑；你走大路，
我进这条小巷，你看那棵树，
高抵着天，我走到那边转弯，

再过去是一片荒野的凌乱：

有深潭，有浅洼，半亮着止水，

在夜芒中像是纷披的眼泪；

有石块，有钩刺胫踝的蔓草，

在期待过路人疏神时绊倒！

但你不必焦心，我有的是胆，

凶险的途程不能使我心寒。

等你走远了，我就大步向前，

这荒野有的是夜露的清鲜；

也不愁愁云深裹，但须风动，

云海里便波涌星斗的流汞；

更何况永远照彻我的心底；

有那颗不夜的明珠，我爱你！

（写于1931年8月，载于1931年10月5日《诗刊》第3期）

爱的灵感
——奉适之

下面这些诗行好歹是他撩拨出来的,正如这十年来大多数的诗行好歹是他撩拨出来的!

不妨事了,你先坐着罢,
这阵子可不轻,我当是
已经完了,已经整个的
脱离了这世界,飘渺的,
不知到了哪儿。仿佛有
一朵莲花似的云拥着我,
(她脸上浮着莲花似的笑)
拥着到远极了的地方去……
唉,我真不希罕再回来,
人说解脱,那许就是罢!
我就像是一朵云,一朵
纯白的,纯白的云,一点
不见分量,阳光抱着我,

我就是光,轻灵的一球,
往远处飞,往更远的飞;
什么累赘,一切的烦愁,
恩情,痛苦,怨,全都远了,
就是你——请你给我口水,
是橙子吧,上口甜着哪——
就是你,你是我的谁呀!
就你也不知哪里去了:
就有也不过是晓光里
一发的青山,一缕游丝,
一翳微妙的晕;说至多
也不过如此,你再要多
我那朵云也不能承载,
你,你得原谅,我的冤家!……
不碍,我不累,你让我说,
我只要你睁着眼,就这样,
叫哀怜与同情,不说爱,
在你的泪水里开着花,
我陶醉着它们的幽香,
在你我这最后,怕是吧,

一次的会面,许我放娇,
容许我完全占定了你,
就这一晌,让你的热情,
像阳光照着一流幽涧,
透澈我的凄冷的意识,
你手把住我的,正这样,
你看你的壮健,我的衰,
容许我感受你的温暖,
感受你在我血液里流,
鼓动我将次停歇的心,
留下一个不死的印痕:
这是我唯一,唯一的祈求……
好,我再喝一口,美极了,
多谢你。现在你听我说。
但我说什么呢,到今天,
一切事都已到了尽头,
我只等待死,等待黑暗,
我还能见到你,偎着你,
真像情人似的说着话,
因为我够不上说那个,

你的温柔春风似的围绕,
这于我是意外的幸福,
我只有感谢,(她合上眼。)
什么话都是多余,因为
话只能说明能说明的,
更深的意义,更大的真,
朋友,你只能在我的眼里,
在枯干的泪伤的眼里认取。
我是个平常的人,
我不能盼望在人海里
值得你一转眼的注意。
你是天风:每一个浪花
一定得感到你的力量,
从它的心里激出变化,
每一根小草也一定得
在你的踪迹下低头,在
绿的颤动中表示惊异;
但谁能止限风的前程,
他横掠过海,作一声吼,
狮虎似的扫荡着田野,

当前是冥茫的无穷,他

如何能想起曾经呼吸

到浪的一花,草的一瓣?

遥远是你我间的距离;

远,太远!假如一只夜蝶

有一天得能飞出天外,

在星的烈焰里去变灰

(我常自己想)那我也许

有希望接近你的时间。

唉,痴心,女子是有痴心的,

你不能不信罢?有时候

我自己也觉得真奇怪,

心窝里的牢结是谁给

打上的?为什么打不开?

那一天我初次望到你,

你闪亮得如同一颗星,

我只是人丛中的一点,

一撮沙土,但一望到你,

我就感到异样的震动,

猛袭到我生命的全部,

真像是风中的一朵花,

我内心摇晃得像昏晕,

脸上感到一阵的火烧,

我觉得幸福,一道神异的

光亮在我的眼前扫过,

我又觉得悲哀,我想哭,

纷乱占据了我的灵府。

但我当时一点不明白,

不知这就是陷入了爱!

"陷入了爱,"真是的!前缘,

孽债,不知到底是什么?

但从此我再没有平安,

是中了毒,是受了催眠,

教运命的铁链给锁住,

我再不能踌躇:我爱你!

从此起,我的一瓣瓣的

思想都染着你,在醒时,

在梦里,想躲也躲不去,

我抬头望,蓝天里有你,

我开口唱,悠扬里有你,

我要遗忘,我向远处跑,
另走一道,又碰到了你!
枉然是理智的殷勤,因为
我不是盲目,我只是痴。
但我爱你,我不是自私。
爱你,但永不能接近你。
爱你,但从不要享受你。
即使你来到我的身边,
我许向你望,但你不能
丝毫觉察到我的秘密。
我不妒忌,不艳羡,因为
我知道你永远是我的,
它不能脱离我正如我
不能躲避你,别人的爱
我不知道,也无须知晓,
我的是我自己的造作,
正如那林叶在无形中
收取早晚的霞光,我也
在无形中收取了你的。
我可以,我是准备,到死

不露一句，因为我不必。
死，我是早已望见了的。
那天爱的结打上我的
心头，我就望见死，那个
美丽的永恒的世界；死，
我甘愿的投向，因为它
是光明与自由的诞生。
从此我轻视我的躯体，
更不计较今世的浮荣，
我只企望着更绵延的
时间来收容我的呼吸，
灿烂的星做我的眼睛，
我的发丝，那般的晶莹，
是纷披在天外的云霞，
博大的风在我的腋下
胸前眉宇间盘旋，波涛
冲洗我的胫踝，每一个
激荡涌出光艳的神明！
再有电火做我的思想，
天边掣起蛇龙的交舞，

雷震我的声音，蓦地里

叫醒了春，叫醒了生命。

无可思量，呵，无可比况，

这爱的灵感，爱的力量！

正如旭日的威棱扫荡

田野的迷雾，爱的来临

也不容平凡，卑琐以及

一切的庸俗侵占心灵，

它那原来清爽的平阳。

我不说死吗？更不畏惧，

再没有疑虑，再不吝惜

这躯体如同一个财房；

我勇猛的用我的时光。

用我的时光，我说？天哪，

这多少年是亏我过的！

没有朋友，离背了家乡，

我投到那寂寞的荒城，

在老农中间学做老农，

穿着大布，脚登着草鞋，

栽青的桑，栽白的木棉，

在天不曾放亮时起身，
手搅着泥，头戴着炎阳，
我做工，满身浸透了汗，
一颗热心抵挡着劳倦；
但渐次的我感到趣味，
收拾一把草如同珍宝，
在泥水里照见我的脸，
涂着泥，在坦白的云影
前不露一些羞愧！自然
是我的享受；我爱秋林，
我爱晚风的吹动，我爱
枯苇在晚凉中的颤动，
半残的红叶飘摇到地，
鸦影侵入斜日的光圈；
更可爱是远寺的钟声
交挽村舍的炊烟共做
静穆的黄昏！我做完工，
我慢步的归去，冥茫中
有飞虫在交哄，在天上
有星，我心中亦有光明！

到晚上我点上一支蜡，
在红焰的摇曳中照出
板壁上唯一的画像，
独立在旷野里的耶稣，
（因为我没有你的除了
悬在我心里的那一幅），
到夜深静定时我下跪，
望着画像做我的祈祷，
有时我也唱，低声的唱，
发放我的热烈的情愫
缕缕青烟似的上通到天。
但有谁听到，有谁哀怜？
你踞坐在荣名的顶巅，
有千万人迎着你鼓掌，
我，陪伴我有冷，有黑夜，
我流着泪，独跪在床前！
一年，又一年，再过一年，
新月望到圆，圆望到残，
寒雁排成了字，又分散，
鲜艳长上我手栽的树，

又叫一阵风给刮做灰。
我认识了季候，星月与
黑夜的神秘，太阳的威，
我认识了地土，它能把
一颗子培成美的神奇，
我也认识一切的生存，
爬虫，飞鸟，河边的小草，
再有乡人们的生趣，我
也认识，他们的单纯与
真，我都认识。

　　跟着认识
是愉快，是爱，再不畏虑
孤寂的侵凌。那三年间
虽则我的肌肤变成粗，
焦黑熏上脸，剥坼刻上
手脚，我心头只有感谢：
因为照亮我的途径有
爱，那盏神灵的灯，再有
穷苦给我精力，推着我
向前，使我怡然的承当

更大的穷苦，更多的险。
你奇怪吧，我有那能耐？
不可思量是爱的灵感！
我听说古时间有一个
孝女，她为救她的父亲
胆敢上犯君王的天威，
那是纯爱的驱使我信。
我又听说法国中古时
有一个乡女子叫贞德，
她有一天忽然脱去了
她的村服，丢了她的羊，
穿上戎装拿着刀，带领
十万兵，高叫一声"杀贼"，
就冲破了敌人的重围，
救全了国，那也一定是
爱！因为只有爱能给人
不可理解的英勇和胆，
只有爱能使人睁开眼，
认识真，认识价值，只有
爱能使人全神的奋发，

向前闯，为了一个目标，
忘了火是能烧，水能淹。
正如没有光热这地上
就没有生命，要不是爱，
那精神的光热的根源，
一切光明的惊人的事
也就不能有。
　　啊，我懂得！
我说"我懂得"我不惭愧：
因为天知道我这几年，
独自一个柔弱的女子，
投身到灾荒的地域去，
走千百里巉岈的路程，
自身挨着饿冻的惨酷
以及一切不可名状的
苦处说来够写几部书，
是为了什么？为了什么
我把每一个老年灾民
不问他是老人是老妇，
当作生身父母一样看，

每一个儿女当作自身
骨血,即使不能给他们
救度,至少也要吹几口
同情的热气到他们的
脸上,叫他们从我的手
感到一个完全在爱的
纯净中生活着的同类?
为了什么我甘愿哺啜
在平时乞丐都不屑的
饮食,吞咽腐朽与肮脏
如同可口的膏粱;甘愿
在尸体的恶臭能醉倒
人的村落里工作如同
发现了什么珍异?为了
什么?就为"我懂得,"朋友,
你信不?我不说,也不能
说,因为我心里有一个
不可能的爱所以发放
满怀的热到另一方向,
也许我即使不知爱也

能同样做,谁知道,但我
总得感谢你,因为从你
我获得生命的意识和
在我内心光亮的点上,
又从意识的沉潜引渡
到一种灵界的莹澈,又
从此产生智慧的微芒
致无穷尽的精神的勇。
啊,假如你能想象我在
灾地时一个夜的看守!
一样的天,一样的星空,
我独自在旷野里或在
桥梁边或在剩有几簇
残花的藤蔓的村篱边
仰望,那时天际每一个
光亮都为我生着意义,
我饮咽它们的美如同
音乐,奇妙的韵味通流
到内脏与百骸,坦然的
我承受这天赐不觉得

虚怯与羞惭，因我知道
不为己的劳作虽不免
疲乏体肤，但它能拂拭
我们的灵窍如同琉璃，
利便天光无碍的通行。

我话说远了不是？但我
已然诉说到我最后的
回目，你纵使疲倦也得
听到底，因为别的机会
再不会来。你看我的脸
烧红得如同石榴的花；
这是生命最后的光焰，
多谢你不时的把甜水
浸润我的咽喉，要不然
我一定早叫喘息窒死。
你的"懂得"是我的快乐。
我的时刻是可数的了，
我不能不赶快！
　　我方才

说过我怎样学农,怎样
到灾荒的魔窟中去伸
一只柔弱的奋斗的手,
我也说过我灵的安乐
对满天星斗不生内疚。
但我终究是人是软弱,
不久我的身体得了病,
风雨的毒浸入了纤微,
酿成了猖狂的热。我哥
将我从昏盲中带回家,
我奇怪那一次还不死,
也许因为还有一种罪
我必得在人间受。他们
叫我嫁人,我不能推托。
我或许要反抗假如我
对你的爱是次一等的,
但因我的既不是时空
所能衡量,我即不计较
分秒间的短长,我做了
新娘,我还做了娘,虽则

天不许我的骨血存留。
这几年来我是个木偶,
一堆任凭摆布的泥土;
虽则有时也想到你,但
这想到是正如我想到
西天的明霞或一朵花,
不更少也不更多。同时
病,一再的回复,销蚀了
我的躯壳,我早准备死,
怀抱一个美丽的秘密,
将永恒的光明交付给
无涯的幽冥。我如果有
一个母亲我也许不忍
不让她知道,但她早已
死去,我更没有沾恋;我
每次想到这一点便忍
不住微笑漾上了口角。
我想我死去再将我的
秘密化成仁慈的风雨,
化成指点希望的长虹,

化成石上的苔藓，葱翠
淹没它们的冥顽；化成
黑暗中翅膀的舞，化成
农时的鸟歌；化成水面
锦绣的文章；化成波涛，
永远宣扬宇宙的灵通，
化成月的惨绿在每个
睡孩的梦上添深颜色；
化成系星间的妙乐……
最后的转变是未料的；
天叫我不遂理想的心愿，
又叫在热谵中漏泄了
我的怀内的珠光！但我
再也不梦想你竟能来，
血肉的你与血肉的我
竟能在我临去的俄顷
陶然的相偎倚，我说，你
听，你听，我说。真是奇怪，
这人生的聚散！
现在我

真真可以死了,我要你
这样抱着我直到我去,
直到我的眼再不睁开,
直到我飞,飞,飞去太空,
散成沙,散成光,散成风,
啊苦痛,但苦痛是短的,
是暂时的;快乐是长的,
爱是不死的:
我,我要睡……

十二月二十五日晚六时完成

(载于1931年1月20日《诗刊》第1期)

在病中

我是在病中,这恹恹的倦卧,
看窗外云天,听木叶在风中……
是鸟语吗?院中有阳光暖和,
一地的衰草,墙上爬着藤萝,
有三五斑猩的,苍的,在颤动。
一半天也成泥……
　　　　城外,啊西山!

太辜负了,今年,翠微的秋容!
那山中的明月,有弯,也有环:
黄昏时谁在听白杨的哀怨?
谁在寒风里赏归鸟的群喧?
有谁上山去漫步,静悄悄的,
去落叶林中捡三两瓣菩提?
有谁去佛殿上拂拂着尘封,
在夜色里辨认金碧的神容?

这病中心情:一瞬瞬的回忆,

如同天空,在碧水潭中过路,

透映在水纹间斑驳的云翳;

又如阴影闪过虚白的墙隅,

瞥见时似有,转眼又复消散;

又如缕缕炊烟,才袅袅,又断……

又如暮天里不成字的寒雁,

飞远,更远,化入远山,化作烟!

又如在暑夜看飞星,一道光

碧银银的抹过,更不许端详。

又如兰蕊的清芬偶尔飘过,

谁能留住这没影踪的婀娜?

又如远寺的钟声,随风吹送,

在春宵,轻摇你半残的春梦!

二十年五月续成七年前残稿

(载于1931年10月5日《诗刊》第3期)

集外集

海边的梦

我独自在海边徘徊,
遥望着天边的霞彩,
我想起了我的爱,
不知她这时候何在?
我在这儿等待——
她为什么不来?
我独自在海边发痴——
沙滩里平添了无数的相思字。

假使她在这儿伴着我,

在这寂寥的海边散步?

海鸥声里,

听私语喁喁,

浅沙滩里,

印交错的脚踪,

我唱一曲海边的恋歌,

爱,你幽幽的低着嗓儿和!

这海边还不是你我的家,

你看那边鲜血似的晚霞;

我们要寻死,

我们交抱着往波心里跳,

绝灭了这皮囊,

好叫你我的恋魂悠久的逍遥。

这时候的新来的双星挂上天堂,

放射着不磨灭的爱的光芒。

夕阳已在沉沉的淡化,

这黄昏的美,

有谁能描画?

莽莽的天涯,

哪里是我的家,

哪里是我的家?

爱人呀,我这般的想着你,

你那里可也有丝毫的牵挂?

  (载于1925年11月28日《现代评论》第2卷第51期)

听槐格讷(Wagner)乐剧

是神权还是魔力,
搓揉着雷霆霹雳,
暴风,广漠的怒号,
绝海里骇浪惊涛;

地心的火窖咆哮,
回荡,狮虎似狂嗥,
仿佛是海裂天崩,
星陨日烂的朕兆;

忽然静了;只剩有
松林附近,乌云里
漏下的微曦,拂狃
村前的酒帘青旗;

可怖的伟大凄静

万壑层岩的雪景，
偶尔有冻鸟横空
摇曳零落的悲鸣；

悲鸣，胡笳的幽引，
雾结冰封的无垠，
隐隐有马蹄铁甲
篷帐悉索的荒音；

荒音，洪变的先声，
鼍鼓金钲暮荡怒，
霎时间万马奔腾，
酣斗里血流虎虎；

是泼牢米修仡司（Prometheus）
的反叛，抗天拯人
的奋斗，高加山前
挚鹰刳胸的创呻；

是恋情，悲情，惨情，

是欢心，苦心，赤心；
是弥漫，普遍，神幻，
消金灭圣的性爱；

是艺术家的幽骚，
是天壤间的烦恼，
是人类千年万年
郁积未吐的无聊；

这沉郁酝酿的牢骚，
这猖獗圣洁的恋爱，
这悲天悯人的精神，
贯透了艺术的天才。

性灵，愤怒，慷慨，悲哀，
管弦运化，金革调合，
创制了无双的乐剧，
革音革心的槐格讷！

五月二十五日

（写于1922年5月25日，载于1923年3月10日《时事新报·学灯》）

夏日田间即景(近沙士顿)

柳林青青,
南风熏熏,
幻成奇峰瑶岛,
一天的黄云白云,
那边麦浪中间,
有农妇笑语殷殷。

笑语殷殷——
问后园豌豆肥否,
问杨梅可有鸟来偷;
好几天不下雨了,
玫瑰花还未曾红透;
梅夫人今天进城去,
且看她有新闻无有。

笑语殷殷——

"我们家的如今好了,
已经照常上工去,
不再整天无聊,
不再逞酒使气,
回家来有说有笑,
疼他儿女——爱他妻;
呀!真巧!你看那边,
蓬着头,走来的,笑嘻嘻。
可不是他,(哈哈!)满身是泥!"

南风熏熏,
草木青青,
满地和暖的阳光
满天的白云黄云,
那边麦浪中间,
有农夫农妇,笑语殷殷。
(写于1922年4月30日,载于1923年3月14日《时事新报·学灯》)

北方的冬天是冬天

北方的冬天是冬天！
满眼黄沙漠漠的地与天；
赤膊的树枝，硬搅着北风光——
一队队敢死的健儿，傲立在战阵前！
不留半片残青，没有一丝粘恋，
只拼着精光的筋骨；凝敛着生命的精液，
耐，耐三冬的霜鞭与雪拳与风剑，
直耐到春阳征服了消杀与枯寂与凶惨，
直耐到春阳打开了生命的牢监，放出一瓣的树头鲜！
直耐到忍耐的奋斗功效见，健儿克敌回家酣笑颜！
北方的冬天是冬天！
满眼黄沙茫茫的地与天；
田里一只呆顿的黄牛，
西天边画出几线的悲鸣雁。

一月二十二

（写于1923年1月22日，载于1923年1月28日《努力周报》第39期）

我是个无依无伴的小孩

我是个无依无伴的小孩,
无意地来到生疏的人间;

我忘了我的生年与生地,
只记从来处的草青日丽;

青草里满泛我活泼的童心,
好鸟常伴我在艳阳中游戏;

我爱啜野花上的白露清鲜,
爱去流涧边照弄我的童颜;

我爱与初生的小鹿儿竞赛,
爱聚砂砾仿造梦里的亭园;

我梦里常游安琪儿的仙府,

白羽的安琪儿,教导我歌舞;

我只晓天公的喜悦与震怒,
从不感人生的痛苦与欢娱;

所以我是个自然的婴孩,
误入了人间峻险的城围:

我骇诧于市街车马之喧扰,
行路人尽戴着忧惨的面罩;

铅般的烟雾迷障我的心府,
在人丛中反感恐惧与寂寥;

啊!此地不见了清涧与青草,
更有谁伴我笑语,疗我饥悃;

我只觉刺痛的冷眼与冷笑,
我足上沾污了沟渠的汀潦;

我忍住两眼热泪,漫步无聊,
漫步着南街北巷,小径长桥,

我走近一家富丽的门前,
门上有金色题标,两字"慈悲";
金字的慈悲,令我欢慰,
我便放胆跨进了门槛,

慈悲的门庭寂无声响,
堂上隐隐有阴惨的偶像;

偶像在伸臂,似庄似戏,
真骇我狂奔出慈悲之第;

我神魂惊悸慌忙地前行,
转瞬间又面对"快乐之园";

快乐园的门前,鼓角声喧,
红衣汉在守卫,神色威严;

游服竞鲜艳,如春蝶舞翩跹,
园林里阵阵香风,花枝隐现,

吹来乐音断片,招诱向前,
赤穷孩蹑近了快乐之园!

守门汉霹雳似的一声呼叱,
震出了我骇愧的两行急泪;

我掩面向僻隐处飞驰,
遭瞿了快乐边沿的尖刺;

黄昏。荒街上尘埃舞旋,
凉风里有落叶在呜咽;

天地看似墨色螺形的长卷,
有孤身儿在踟蹰,似退似前;

我仿佛陷落在冰寒的阱锢,
我哭一声我要阳光的暖和!

我想望温柔手掌，偎我心窝，
我想望搂我入怀，纯爱的母；

我悲思正在喷泉似的溢涌，
一闪闪神奇的光，忽耀前路；

光似草际的游萤，乍显乍隐，
又似暑夜的飞星，窜流无定；

神异的精灵！生动了黑夜，
平易了途径，这闪闪的光明；

闪闪的光明！消解了恐惧，
启发了欢欣，这神异的精灵；

昏沉的道上，引导我前进，
一步步离远人间进向天庭；

天庭！在白云深处，白云深处，

有美安琪敛翅羽，安眠未醒，

我亦爱在白云里安眠不醒，
任清风搂抱，明星亲吻殷勤；

光明！我不爱人间，人间难觅
安乐与真情，慈悲与欢欣；

光明，我求祷你引致我上登
天庭，引挈我永住仙神之境；

我即不能上攀天庭，光明，
你也照导我出城围之困，

我是个自然的婴儿，光明知否，
但求回复自然的生活优游；

茂林中有餐不罄的鲜柑野栗，
青草里有享不尽的意趣香柔……

五月六日

（写于1923年5月6日，载于1923年5月13日《努力周报》第52期）

幻想

一

天空里幻出一带的长虹,
一条七彩双首乔背的神龙;
一头的龙喙与龙须与龙髯,
淹没在埂奇河春泛之濑湍,
一头的龙爪,下踞在河北江南,
饮啜于长江大河,咽响如雷,
　这彩色神明的巨怪,
　满吸了东亚的大水,
昂首向坎坷的地面寻看,
吼一声,可怜,苦旱的人间!
遍野的饥农,在面天求怜,
求救渡的甘霖,满溢田田——
看呀,电闪里长鬣舞旋,
转惨酷为欢欣在俄顷之间!

二

天空里幻出长虹一带，

在碧玉的天空镶嵌，

一端挽住昆仑的山坳，

一端围绕在喜马拉雅之巉岩，

是谁何的匠心，制此巨采，

问伟男何在，问伟男何在？

披苍空普盖的青衫，

束此神异光明之带，

举步在浩宇里徘徊，

啊，踏翻，南北白头的高山，

霎时的雪花狂舞，雪花狂洒，

普化了东与西，洒遍了北与南，

丈夫！这纯澈无路的世界，

产生于一转之俄顷之间。

（载于1923年9月10日《小说月报》第14卷第9期）

白话词十二首

一 转调满庭芳

池边青草，院里绿阴，向窗外一望，晚晴真好啊！帘也打起来，门也打开来，有客来么，正好。我一个人吃酒正觉得寂寞，又想起行人未归，好不难过，坐下吃一杯酒吧，荼蘼是开过了，还有梨花可赏呢。

不要谈到从前赏花的胜会，打扮起来，高朋满座，看着外面的王孙公子，车水马龙，虽然遇到风雨，依然觉得痛快，如今没有这种兴会了，这样的好时节也是空的。

原词：转调满庭芳

芳草池塘，绿阴庭院，晚晴寒透窗纱。玉钩金锁，管是客来吵。寂寞尊前席上，惟□□海角天涯。能留否，酴醿落尽，犹赖有梨花。

当年，曾胜赏，生香薰袖，活火分茶。极目犹龙骄马，流水轻车。不怕风狂雨骤，恰才称，煮酒残花。如今也，不成怀抱，得似旧时那？

二 蝶恋花

这样的长夜,真不好过,去是想去的,怎样去呢?告诉他快些回来吧,大好的青春,不要孤负啊。

随便吃一杯呢,有点醉意有点酸意也活得有趣,不要笑我这个年纪还要戴花,不只我老了,春也快老呢?

原词:蝶恋花 上巳召亲族

永夜厌厌,欢意少。空梦长安,认取长安道。为报今年春色好。花光月影宣相照。

随意杯盘虽草草。酒美梅酸,恰称人怀抱。醉莫插花花莫笑。可怜春似人将老。

三 怨王孙

困处在深闺,春要快去了,行人一点的消息都没有,寄一个信给他么?托谁寄呢?这怎么好。

多情的自然是什么都放不下,寒食又到了,这静悄,秋千也空着,只有向月亮浸着白白的梨花。

原词:怨王孙

帝里春晚,重门深院。草绿阶前,暮天雁断。楼上远信谁传?恨绵绵。

多情自是多沾惹,难拼舍,又是寒食也。秋千巷陌人静,皎月初斜，浸梨花。

四　浣溪纱

登楼一看，天气真好，不过春已远了，人还未归，触景伤怀，我真不愿意再看。

楼下呢，新竹也长成了，落花片片，给燕带到巢里，这都是伤心的，何况树上的杜鹃叫得尤其难听。

原词：浣溪纱

楼上晴天碧四垂。楼前芳草接天涯。劝君莫上最高梯。

新笋已成堂下竹，落花都上燕巢泥，忍听林表杜鹃啼。

五　减字木兰花

刚才向花担卖（买）得一枝春花，新鲜得很。泪珠般的朝露，还未干呢？

恐怕那个人会笑我"没有春花长得好看"。我要戴起来，定要他说出我好看还是花好看。

原词：减字木兰花

卖花担上，买得一枝春欲放。泪染轻匀。犹带彤霞晓露痕。

怕郎猜道，奴面不如花面好，云鬓斜簪，徒要教郎比并看。

六　品令

啊！秋雨来了，今年来得这样早呢？对着这黄昏雨景，那不能不吃一杯酒，写一首诗，莲花的季节快完了，莲房还小呢。

花草虽然有情，怎比得人情好呢，有一句话，我要待酒后向荷花问一问，"你比去年老了一些么，我呢？"

原词：品令

急雨惊秋晓。今岁较，秋风早。一觞一咏，更须莫负，晚风残照。可惜莲花已谢，莲房尚小。

汀蘋岸草。怎称得，人情好。有些言语，也待醉折，荷花问道。道与荷花，人比去年总老。

七　行香子

秋天的光景是不错的，不过我有一点伤感，看见菊花黄又晓得是重阳快到了。风也到了，雨也到了，凉也到了，不能不加一件衣吃一杯酒。

醉醒来又是黄昏的时候，孤另得可怕，凄凉得难过，这么长的夜，还有捣衣声，虫叫声，更漏声，震动耳鼓，打动心门，一个人对着明月怎睡得着呢？

原词：行香子

天与秋光，转转情伤。探金英，知近重阳。薄衣初试，绿蚁初尝。渐一番风，一番雨，一番凉。

黄昏院落，凄凄惶惶。酒醒时，往事愁肠。那堪永夜，明月空床。闻砧声捣，蛩声细，漏声长。

八　永遇乐

夕阳衬着的暮云特别艳丽，那人去的还未归。还有柳啊，梅啊，春天也不早，元宵快到，现在虽然晴和，到时候的风雨恐怕免不了，酒朋诗友啊，不要劳驾吧！

想起在中州时的快活日子，重阳啦，端五啦，说不尽的热闹，如今这个年头，打扮已经懒了，更说不到去逛，只管听着人家顽吧。

原词：永遇乐

落日熔金，暮云合璧，人在何处。染柳烟浓，吹梅笛怨，春意知几许。元宵佳节，融和天气，次第岂无风雨。来相召，香车宝马，谢他酒朋诗侣。

中州盛日，闺门多暇，记得偏重三五。铺翠冠儿，捻金雪柳，簇带争济楚。如今憔悴，风鬟霜鬓，怕见夜间出去。不如向，帘儿底下，听人笑语。

九　渔家傲

下雪了，春快来了，梅花也妆扮起来呢，好像半面美人儿刚才出浴的样子。

天公也很凑趣呢,你看这样好月亮,花前月下,怎好不吃一杯,何况对着这样好梅花。

原词:渔家傲

雪里已知春信至。寒梅点缀琼枝腻。香脸半开娇旖旎。当庭际。玉人浴出新妆洗。

造化可能偏有意。故教明月玲珑地。共赏金尊沉绿蚁。莫辞醉,此花不与群花比。

十　庆清朝慢

这一盘花长得像美人一般,天真可爱,教人怎不爱惜他,何况春花都已开过,越发觉得她的时妆一新,不单风啊月啊有些不自在,春皇为了她也不愿走呢。

所以东城的哥儿南乡的姐儿,都争着赏花去,不过赏花的酒吃过了,还有什么花要赏呢?假使能够挽留的话,一天早赏到晚,晚赏到早,我都愿意的。

原词:庆清朝慢

禁幄低张,彤栏巧护,就中独占残春。容华淡伫,绰约俱见天真。待得群花过后,一番风露晓妆新。妖娆艳态,妒风笑月,长殢东君。

东城边,南陌上,正日烘池馆,竞走香轮。绮筵散日,谁人可继芳尘。更好明光宫殿,几枝先近日边匀。金尊倒,拼了尽烛,不管黄昏。

十一　多丽　白菊

一个人独住小楼，又为秋天更觉寂寞，夜也特别长，管他呢，早睡吧，怎晓夜来风雨，无情地，打得花枝尽落，愁眉丧脸。只有菊花，越有风雨越发起劲，你看啊，一股清香，酴醾不如呢？

不过秋也快还了，花也觉得渐渐憔悴，怪可怜的，我倒有点依依不舍的样子，有什么办法呢，纵然是十分爱惜也爱惜不来啊，各处的菊花都不过如此，东篱不是一样吗？

原词：多丽　咏白菊

小楼寒，夜长帘幕低垂，恨萧萧无情风雨，夜来揉损琼肌。也不似，贵妃醉脸；也不似，孙寿愁眉，韩令偷香，徐娘傅粉、莫将比拟未新奇。细看取，屈平陶令，风韵正相宜。微风起，清芬酝藉，不减酴醾。

渐秋阑，雪清玉瘦，向人无限依依。似愁凝，汉皋解佩，似泪洒、纨扇题诗。朗月清风，浓烟暗雨，天教憔悴度芳姿。纵爱惜，不知从此，留得几多时。人情好，何须更忆，泽畔东篱。

十二　满庭芳　残梅

躲起小阁来，日子虽然显长，也觉得深幽有趣。炉香已过，天也晚了，种的梅花很不错呀，何必要到外面看去？寂寞是寂寞一点，从前何先生在扬州时不是这样吗？

要晓得梅花不是讲热闹的,也经不起风雨,现在这样零落,我太难过了,由他去吧,感情是永远不能磨灭的,再到了有月亮的时候,对他的零落影子也一样可爱。

原词:满庭芳　残梅

小阁藏春,闲窗锁昼,画堂无限深幽。篆香烧尽,日影下帘钩。手种江梅更好,又何必,临水登楼。无人到,寂寥浑似。何逊在扬州。

从来,知韵胜,难堪雨藉,不耐风揉。更谁家横笛,吹动浓愁。莫恨香消雪减,须信道,扫迹情留,难言处,良宵淡月,疏影尚风流。

(写于1924年前后,载于1985年《新文学史料》第4期)

秋阳

这秋阳——他仿佛叫你想起什么。一个老友的笑容或是你故乡的山水。你看他多镇静,多自在,多可亲爱,在半枯的草地上躺着,在斑驳的树枝上挂着,在水面浮着。

你直想伸手去把他掐些在掌心里,朵着嘴去亲他一口。

要是你是一颗露水,低低的蹲在草瓣上,他就从东边的树荫里窜过来,一口噙住了你,叫你一肚子透明的思想显得分外透明。

要是你是一只长脊背的翠鸟翘着尾巴,从湖的这边平掠到湖的那一边,就从水面上跳起来在你的羽毛上飞快的印下几颗闪亮的金星。

不错,他是一个有心思有恩情的——好朋友。他不嫌农家的稻草,他一样摩挲长得不丰绽的鲜果。他想法儿去拜会你阁楼上的破旧零星。

你一个人坐在屋子里沈思的时候,他隔着窗户在跨着墙的青藤上含着最甜蜜的微笑望着你,意思说:"别愁,朋友,有我在陪着你哪。"

月亮也是有恩情的,但他的更来得殷勤,又好在不露痕迹。

他不是派一个戴银帽的当差高高的擎着片子说某人送礼来了的那一套,他来就来了,不铺张的,也不让你觉得他轻盈的脚步,也不让你欠身起来让坐。

真的,他来就来了,拿着满满的一团温暖给搵在你脸上,安在你的手上,窝在你的心里。

"留着,别让。"他仿佛说,"这是你的,咱们家里有着哪!"

在花丛里寻香的蝴蝶,懂得他的无限的柔媚,你别淌眼泪,他要你窝在心里,留着……

(载于1928年1月《秋野》第2期)

散文篇 徐志摩

我所知道的康桥

一

我这一生的周折,大都寻得出感情的线索。不论别的,单说求学。我到英国是为要从罗素。罗素来中国时,我已经在美国。他那不确的死耗传到的时候,我真的出眼泪不够,还做悼诗来了。他没有死,我自然高兴。我摆脱了哥伦比亚大博士衔的引诱,买船票过大西洋,想跟这位二十世纪的福禄泰尔认真念一点书去,谁知一到英国才知道事情变样了:一为他在战时主张和平,二为他离婚,罗素叫康桥给除名了,他原来是 Trinity Gollege① 的 fellow②,一来他的 fellowship③ 也给取消了。他回英国后就在伦敦住下,夫妻两人卖文章过日子。因此我也不曾遂我从学的始愿。我在伦敦政治经济学院里混了半年,正感着闷想换路走的时候,我认识了狄更生④先生。狄更生(Galsworthy Lowes Diekinson)

---

① Trinity Gollege:英国剑桥的三清学院。
② fellow:研究员。
③ fellowship:研究员资格。
④ 狄更生:英国作家、学者,是徐志摩的朋友。

是一个有名的作者,他的《一个中国人通信》(Letters from Chinaman)与《一个现代聚餐谈话》(A Modern Symposium)两本小册子早得了我的景仰。我第一次会着他是在伦敦国际联盟协会席上,那天林宗孟先生演说,他做主席;第二次是在宗孟寓里吃茶,有他。以后我常到他家里去。他看出我的烦闷,劝我到康桥去,他自己是王家学院(Kings College)的 fellow。我就写信去问两个学院,回信都说学额早满了,随后还是狄更生先生替我去在他的学院里说好了,给我一个特别生的资格,随意选科听讲。从此黑方巾、黑披袍的风光也被我占着了。初起我在离康桥六英里的乡下,叫沙士顿地方租了几间小屋住下,同居的有我从前的夫人张幼仪女士与郭虞裳君。每天一早我坐街车(有时自行车)上学,到晚回家。这样的生活过了一个春,但我在康桥还只是个陌生人,谁都不认识,康桥的生活,可以说完全不曾尝着,我知道的只是一个图书馆,几个课室,和三两个吃便宜饭的茶食铺子。狄更生常在伦敦或是大陆上,所以也不常见他。那年的秋季我一个人回到康桥,整整有一学年,那时我才有机会接近真正的康桥生活,同时我也慢慢"发现"了康桥。我不曾知道过更大的愉快。

二

"单独"是一个耐寻味的现象。我有时想它是任何发现的第一个条件。你要发现你的朋友的"真",你得有与他单独的机会。

你要发现你自己的真,你得给你自己一个单独的机会。你要发现一个地方(地方一样有灵性),你也得有单独玩的机会。我们这一辈子,认真说,能认识几个人?能认识几个地方?我们都是太匆忙,太没有单独的机会。说实话,我连我的本乡都没有什么了解。康桥我要算是有相当交情的,再次许只有新认识的翡冷翠了。啊,那些清晨,那些黄昏,我一个人发痴似的在康桥!绝对的单独。

但一个人要写他最心爱的对象,不论是人是地,是多么使他为难的一个工作!你怕,你怕描坏了它,你怕说过分了恼了它,你怕说太谨慎了辜负了它。我现在想写康桥,也正是这样的心理,我不会写,我就知道这回是写不好的——况且又是临时逼出来的事情。但我却不能不写,上期预告已经出去了。我想勉强分两节写:一是我所知道的康桥的天然景色;一是我所知道的康桥的学生生活。我今晚只能极简的写些,等以后有兴会时再补。

三

康桥的灵性全在一条河上;康河,我敢说是全世界最秀丽的一条水。河的名字是葛兰大(Granta),也有叫康河(River Cam)的,许有上下流的区别,我不甚清楚。河身多的是曲折,上游是有名的拜伦潭——"Byron's Pool"——当年拜伦常在那里玩的;有一个老村子叫格兰骞斯德,有一个果子园,你可以躺在累累的桃李树荫下吃茶,花果会吊入你的茶杯,小雀子会到你桌上来啄食,那真是别有一番天地。这是上游。下游是从骞斯德顿下去，河面展开，那是春夏间竞舟的场所。上下河分界处有一个坝筑，水流急得很，在星光下听水声，听近村晚钟声，听河畔倦牛刍草声，是我康桥经验中最神秘的一种。大自然的优美。宁静，调谐在这星光与波光的默契中不期然的淹入了你的性灵。

但康河的精华是在它的中流，著名的"Backs[①]"，这两岸是几个最蜚声的学院的建筑。从上面下来是 Pembroke[②]，St. Katharine's[③]，King's[④]，Clare[⑤]，Trinity，St. John's[⑥]。最令人留连的一节是克莱尔与国王学院的毗连处，克莱尔的秀丽紧邻着国王教堂（King's Chapel）的宏伟。别的地方尽有更美更庄严的建筑，例如巴黎赛茵河的罗浮宫一带，威尼斯的利阿尔多大桥的两岸，翡冷翠维基乌大桥的周遭；但康桥的 Backs 自有它的特长，这不容易用一两个状词来概括，它那脱尽尘埃气的一种清澈秀逸的意境可说是超出了画图而化生了音乐的神味。再没有比这一群建筑更调谐更匀称的了！论画，可比的许只有柯罗（Corot）的田野；论音乐，可比的许只有肖邦（Chopin）的夜曲，就这也

---

① Backs：后院，这里指英国剑桥大学的后花园。
② Pembroke：彭布罗克学院。
③ St. Katharine's：圣凯瑟琳学院。
④ King's：国王学院。
⑤ Clare：通常译为克莱尔，指圣克莱尔学院。
⑥ St. John's：圣约翰学院。

不能给你依稀的印象，它给你的美感简直是神灵性的一种。

假如你站在王家学院桥边的那棵大椈树荫下眺望，右侧面，隔着一大方浅草坪，是我们的校友居（Fellows Building），那年代并不早，但它的妩媚也是不可掩的，它那苍白的石壁上春夏间满缀着艳色的蔷薇在和风中摇颤，更移左是那教堂，森林似的尖阁不可浼的永远直指着天空；更左是克莱尔，啊！那不可信的玲珑的方庭，谁说这不是圣克莱尔（St. Clare）的化身，那一块石上不闪耀着她当年圣洁的精神？在克莱尔后背隐约可辨的是康桥最高贵最骄纵的三清学院（Trinity），它那临河的图书楼上坐镇着拜伦神采惊人的雕像。

但这时你的注意早已叫克莱尔的三环洞桥魔术似的摄住。你见过西湖白堤上的西断桥不是？（可怜它们早已叫代表近代丑恶精神的汽车公司给踩平了，现在它们跟着苍凉的雷峰永远辞别了人间。）你忘不了那桥上斑驳的苍苔，木栅的古色，与那桥拱下泄露的湖光与山色不是？克莱尔并没有那样体面的衬托，它也不比庐山栖贤寺旁的观音桥，上瞰五老的奇峰，下临深潭与飞瀑；它只是怯怜怜的一座三环洞的小桥，它那桥洞间也只掩映着细纹的波鳞与婆娑的树影，它那桥上栉比的小穿阑与阑顶上双双的白石球，也只是村姑子头上不夸张的香草与野花一类的装饰；但你凝神的看着，更凝神的看着，你再反省你的心境，看还有一丝屑的俗念沾滞?只要你审美的本能不曾泯灭时,这是你的机会实现纯粹美感的神奇!

但你还得选你赏鉴的时辰。英国的天时与气候是走极端的。冬天是荒谬的坏,逢着连绵的雾盲天你一定不迟疑的甘愿进地狱本身去试试;春天(英国是几乎没有夏天的)是更荒谬的可爱,尤其是它那四五月间最和暖最艳丽的黄昏,那才真是寸寸黄金。在康河边上过一个黄昏是一服灵魂的补剂。啊!我那时蜜甜的单独,那时蜜甜的闲暇。一晚又一晚的,只见我出神似的倚在桥栏上向西天凝望:——

看一回凝静的桥影,

数一数螺细的波纹,

我倚暖了石阑的青苔,

青苔凉透了我的心坎……

还有几句更笨重的怎能仿佛那游丝似轻妙的情景:

难忘七月的黄昏,远树凝寂,

像墨泼的山形,衬出轻柔暝色,

密稠稠,七分鹅黄,三分橘绿,

那妙意只可去秋梦边缘捕捉……

四

  这河身的两岸都是四季常青最葱翠的草坪。从校友居的楼上望去，对岸草场上，不论早晚，永远有十数匹黄牛与白马，胫蹄没在恣蔓的草丛中，从容的在咬嚼，星星的黄花在风中动荡，应和着它们尾鬃的扫拂。桥的两端有斜倚的垂柳与椈荫护住。水是澈底的清澄，深不足四尺，匀匀的长着长条的水草。这岸边的草坪又是我的爱宠，在清朝，在傍晚，我常去这天然的织锦上坐地，有时读书，有时看水；有时仰卧着看天空的行云，有时反仆着搂抱大地的温软。

  但河上的风流还不止两岸的秀丽。你得买船去玩。船不止一种；有普通的双桨划船，有轻快的薄皮舟（Canoe），有最别致的长形撑篙船（Punt），最末的一种是别处不常有的：约莫有二丈长，三尺宽，你站直在船梢上用长竿撑着走的，这撑是一种技术。我手脚太蠢，始终不曾学会，你初起手尝试时，容易把船身横住在河中，东颠西撞的狼狈。英国人是不轻易开口笑人的，但是小心他们不出声的皱眉！也不知有多少次河中本来悠闲的秩序叫我这莽撞的外行给捣乱了。我真的始终不曾学会；每回我不服输跑去租船再试的时候，有一个白胡子的船家往往带讥讽的对我说："先生，这撑船费劲，天热累人，还是拿个薄皮舟溜溜吧！"我哪里肯听话，长篙子一点就把船撑了开去。结果还是把河身一段段的腰斩了去。

你站在桥上去看人家撑，那多不费劲，多美！尤其在礼拜天有几个专家的女郎，穿一身缟素衣服，裙裾在风前悠悠的飘着，戴一顶宽边的薄纱帽，帽影在水草间颤动，你看她们出桥洞时的姿态，揪起一根竟像没分量的长竿，只轻轻的，不经心的往波心里一点，身子微微的一蹲，这船身便波的转出了桥影，翠条鱼似的向前滑了去。她们那敏捷，那闲暇，那轻盈，真是值得歌咏的。

在初夏阳光渐暖时你去买一支小船，划去桥边荫下躺着念你的书或是做你的梦，槐花香在水面上飘浮，鱼群的唼喋声在你的耳边挑逗。或是在初秋的黄昏，近着新月的寒光，望上流僻静处远去，爱热闹的少年们携着他们的女友，在船沿上支着双双的东洋彩纸灯，带着话匣子，船心里用软垫铺着，也开向无人迹处去享他们的野福——谁不爱听那水底翻的音乐在静定的河上描写梦意与春光！

住惯城市的人不易知道季候的变迁。看见叶子掉知道是秋，看见叶子绿知道是春；天冷了装炉子，天热了拆炉子；脱下棉袍，换上夹袍，脱下夹袍，穿上单袍：不过如此罢了。天上星斗的消息，地下泥土里的消息，空中风吹的消息，都不关我们的事。忙着哪，这样那样事情多着，谁耐烦管星星的移转，花草的消长，风云的变幻？同时我们抱怨我们的生活，苦痛，烦闷，拘束，枯燥，谁肯承认做人是快乐？谁不多少咒诅人生？

但不满意的生活大都是由于自取的。我是一个生命的信仰者，我信生活决不是我们大多数人仅仅从自身经验推得的那样暗惨。我们的病根是在"忘本"。人是自然的产儿，就好比枝头的花与鸟是自然的产儿；但我们不幸是文明人，入世深似一天，离自然远似一天。离开了泥土的花草，离开了水的鱼，能快活吗？能生存吗？从大自然，我们取得我们的生命；从大自然，我们应分取得我们继续的资养。哪一株婆娑的大木没有盘错的根柢深入在无尽藏的地里？我们是永远不能独立的。有幸福是永远不离母亲抚育的孩子，有健康是永远接近自然的人们。不必一定与鹿豕游，不必一定回"洞府"去；为医治我们当前生活的枯窘，只要"不完全遗忘自然"，一张轻淡的药方我们的病象就有缓和的希望。在青草里打几个滚，到海水里洗几次浴，到高处去看几次朝霞与晚照——你肩背上的负担就会轻松了去的。

这是极肤浅的道理，当然。但我要没有过过康桥的日子，我就不会有这样的自信的，我这一辈子就只那一春，说也可怜，算是不曾虚度。就只那一春，我的生活是自然的，是真愉快的！（虽则碰巧那也是我最感受人生痛苦的时期。）我那时有的是闲暇，有的是自由，有的是绝对单独的机会。说也奇怪，竟像是第一次，我辨认了星月的光明，草的青，花的香，流水的殷勤。我能忘记那初春的睥睨吗？曾经有多少个清晨我独自冒着冷去薄霜铺地的林子里闲步——为听鸟语，为盼朝阳，为寻泥土里渐次苏醒的花草，为体会最微细最神妙的春信。啊，那是新来的画眉在那边调不尽的青枝上试它的新声！啊，这是第一朵小雪球花挣出了半冻的地面！啊，这不是新来的潮润沾上了寂寞的柳条？

静极了，这朝来水溶溶的大道，只远处牛奶车的铃声，点缀这周遭的沉默。顺着这大道走去，走到尽头，再转入林子里的小径，往烟雾浓密处走去，头顶是交枝的榆荫，透露着漠楞楞的曙色；再往前走去，走尽这林子，当前是平坦的原野，望见了村舍，初青的麦田，更远三两个馒形的小山掩住了一条通道。天边是雾茫茫的，尖尖的黑影是近村的教寺。听，那晓钟和缓的清音。这一带是此邦中部的平原，地形像是海里的轻波，黑沉沉的起伏；山岭是望不见的，有的是常青的草原与沃腴的田壤，登那土阜上望去，康桥只是一带茂林，拥戴着几处娉婷的尖阁。妩媚的康河也望不见踪迹，你只能循那锦带似的林木想象那一流清浅。村舍与树林是这地盘上的棋子，有村舍处有佳荫，有佳荫处有村舍。这早起是看炊烟的时辰，朝雾渐渐的升起，揭开了这灰苍苍的天幕（最好是微霰后的光景），远远的炊烟，成丝的，成缕的，成卷的，轻快的，迟重的，浓灰的，淡青的，惨白的，在静定的朝气里渐渐的上腾，渐渐的不见，仿佛是朝来人们的祈祷，参差的翳入了天听。朝阳是难得见的,这初春的天气。但它来时是起早人莫大的愉快。顷刻间这田野添深了颜色,一层轻纱似的金粉糁上了这草,这树,这通道,这庄舍。顷刻间这周遭弥漫了清晨富丽的温柔。顷间你的心怀也分润了白天诞生的光荣。

"春!"这胜利的晴空仿佛在你的耳边私语。"春!"你那快活的灵魂也仿佛在那里回响。

……

伺候着河上的风光,这春来一天有一天的消息,关心石上的苔痕,关心败草里的花鲜,关心这水流的缓急,关心水草的滋长,关心天上的云霞,关心新来的鸟语。怯怜怜的小雪球是探春信的小使。铃兰与香草是欢喜的初声。窈窕的莲馨,玲珑的石水仙,爱热闹的克罗克斯,耐辛苦的蒲公英与雏菊——这时候春光已是烂漫在人间,更不须殷勤问讯。

瑰丽的春放。这是你野游的时期。可爱的路政,这里不比中国,哪一处不是坦荡荡的大道?徒步是一个愉快,但骑自转车是一个更大的愉快,在康桥骑车是普遍的技术;妇人、稚子、老翁,一致享受这双轮的快乐。(在康桥听说自转车是不怕人偷的,就为人人都自己有车,没人要偷。)任你选一个方向,任你上一条通道,顺着这带草味的和风,放轮远去,保管你这半天的逍遥是你性灵的补剂。这道上有的是清荫与美草,随地都可以供你休憩。

你如爱花,这里多的是锦绣似的草原。你如爱鸟,这里多的是巧啭的鸣禽。你如爱儿童,这乡间到处是可亲的稚子。你如爱人情,这里多的是不嫌远客的乡人,你到处可以"挂单"借宿,有酪浆与嫩薯供你饱餐,有夺目的果鲜恣你尝新。你如爱酒,这乡间每"望"都为你储有上好的新酿,黑啤如太浓,苹果酒、姜酒都是供你解渴润肺的……带一卷书,走十里路,选一块清静地,看天,听鸟,读书,倦了时,和身在草绵绵处寻梦去——你能想象更适情更适性的消遣吗?

陆放翁有一联诗句:"传呼快马迎新月,却上轻舆趁晚凉。"这是做地方官的风流。我在康桥时虽没马骑,没轿子坐,却也有我的风流:我常常在夕阳西晒时骑了车迎着天边扁大的日头直追。日头是追不到的,我没有夸父的荒诞,但晚景的温存却被我这样偷尝了不少。有三两幅画图似的经验至今还是栩栩的留着。只说看夕阳,我们平常只知道登山或是临海,但实际只须辽阔的天际,平地上的晚霞有时也是一样的神奇。有一次我赶到一个地方,手把着一家村庄的篱笆,隔着一大田的麦浪,看西天的变幻。有一次是正冲着一条宽广的大道,过来一大群羊,放草归来的,偌大的太阳在它们后背放射着万缕的金辉,天上却是乌青青的,只剩这不可逼视的威光中的一条大路,一群生物!我心头顿时感着神异性的压迫,我真的跪下了,对着这冉冉渐翳的金光。再有一次是更不可忘的奇景，那是临着一大片望不到头的草原，满开着艳红的罂粟，在青草里亭亭像是万盏的金灯。阳光从褐色云里斜着过来，幻成一种异样的紫色，透明似的不可逼视，霎那间在我迷眩了的视觉中，这草田变成了……不说也罢，说来你们也是不信的！

一别二年多了，康桥，谁知我这思乡的隐忧？也不想别的，我只要那晚钟撼动的黄昏，没遮拦的田野。独自斜倚在软草里，看第一个大星在天边出现！

十五年一月十五日

（载于1926年1月16—25日《晨报副刊》）

翡冷翠山居闲话

在这里出门散步去,上山或是下山,在一个晴好的五月的向晚,正像是去赴一个美的宴会,比如去一个果子园,那边每株树上都是满挂着诗情最秀逸的果实,假如你单是站着看还不满意时,只要你一伸手就可以采取,可以恣尝鲜味,足够你性灵的迷醉。阳光正好暖和,决不过暖;风息是温驯的,而且往往因为他是从繁花的山林里吹度过来他带一股幽远的澹香,连着一息滋润的水气,摩挲着你的颜面,轻绕着你的肩腰,就这单纯的呼吸已是无穷的愉快;空气总是明净的,近谷内不生烟,远山上不起霭,那美秀风景的全部正像画片似的展露在你的眼前,供你闲暇的鉴赏。

作客山中的妙处,尤在你永不须踌躇你的服色与体态;你不妨摇曳着一头的蓬草,不妨纵容你满腮的苔藓,你爱穿什么就穿什么;扮一个牧童,扮一个渔翁,装一个农夫,装一个走江湖的杰卜闪,装一个猎户;你再不必提心整理你的领结,你尽可以不用领结,给你的颈根与胸膛一半日的自由,你可以拿一条这边艳色的长巾包在你的头上,学一个太平军的头目,或是拜伦那埃及装的姿态;但最要紧的是穿上你最旧的旧鞋,别管他模样不佳,他们是顶可爱的好友,他们承着你的体重却不叫你记起你还有一双脚在你的底下。

这样的玩顶好是不要约伴,我竟想严格的取缔,只许你独身;因为有了伴多少总得叫你分心,尤其是年轻的女伴,那是最危险最专制不过的旅伴,你应得躲避她像你躲避青草里一条美丽的花蛇!平常我们从自己家里走到朋友的家里。或是我们执事的地方,那无非是在同一个大牢里从一间狱室移到另一间狱室去,拘束永远跟着我们,自由永远寻不到我们;但在这春夏间美秀的山中或乡间你要是有机会独身闲逛时,那才是你福星高照的时候,那才是你实际领受,亲口尝味,自由与自在的时候,那才是你肉体与灵魂行动一致的时候;朋友们,我们多长一岁年纪往往只是加重我们头上的枷,加紧我们脚胫上的链,我们见小孩子在草里在沙堆里在浅水里打滚作乐,或是看见小猫追他自己的尾巴,何尝没有羡慕的时候,但我们的枷,我们的链永远是制定我们行动的上司!所以只有你单身奔赴大自然的怀抱时,像一个裸体的小孩扑入他母亲的怀抱时,你才知道灵魂的愉快是怎样的,单就活着的快乐是怎样的,单就呼吸单就走道,单就张眼看耸耳听的幸福是怎样的。因此你得严格的为己,极端的自私,只许你,体魄与性灵,与自然同在一个脉搏里跳动,同在一个音波里起伏,同在一个神奇的宇宙里自得。我们浑朴的天真是像含羞草似的娇柔,一经同伴的抵触，他就卷了起来，但在澄静的日光下，和风中，他的姿态是自然的，他的生活是无阻碍的。

你一个人漫游的时候，你就会在青草里坐地仰卧，甚至有时打滚，因为草的和暖的颜色自然的唤起你童稚的活泼；在静僻的道上你就会不自主的狂舞，看着你自己的身影幻出种种诡异的变相，因为道旁树木的阴影在他们于徐的婆娑里暗示你舞蹈的快乐；你也会得信口的歌唱，偶尔记起断片的音调，与你自己随口的小曲，因为树林中的莺燕告诉你春光是应得赞美的；更不必说你的胸襟自然会跟着漫长的山径开拓，你的心地会看着澄蓝的天空静定，你的思想和着山壑间的水声，山罅里的泉响，有时一澄到底的清澈，有时激起成章的波动，流，流，流入凉爽的橄榄林中，流入妩媚的阿诺河①去……

并且你不但不须应伴，每逢这样的游行，你也不必带书。书是理想的伴侣，但你应得带书，是在火车上，在你住处的客室里，不是在你独身漫步的时候，什么伟大的深沉的鼓舞的清明的优美的思想的根源不是可以在风籁中，云彩里，山势与地形的起伏里，花草的颜色与香息里寻得？自然是最伟大的一部书，葛德②说，在他每一页的字句里我们读得最深奥的消息。并且这书上的文字

---

① 阿诺河：一条河，流经佛罗伦萨。
② 葛德：即歌德，18世纪中叶到19世纪初德国著名的思想家、戏剧家、诗人，代表作有《少年维特之烦恼》《浮士德》等。

是人人懂得；阿尔帕斯与五老峰，雪西里与普陀山，莱茵河与扬子江，梨梦湖与西子湖，建兰与琼花，杭州西溪的芦雪与威尼市夕照的红潮，百灵与夜莺，更不提一般黄的黄麦，一般紫的紫藤，一般青的青草同在大地上生长，同在和风中波动——他们应用的符号是永远一致的，他们的意义是永远明显的，只要你自己性灵上不长疮瘢，眼不盲，耳不塞，这无形迹的最高等教育便永远是你的名分，这不取费的最珍贵的补剂便永远供你的受用；只要你认识了这一部书，你在这世界上寂寞时便不寂寞，穷困时不穷困，苦恼时有安慰，挫折时有鼓励，软弱时有督责，迷失时有南针。

十四年七月

（载于1925年7月4日《现代评论》第2卷第30期）

"浓得化不开"（星加坡）

大雨点打上芭蕉有铜盘的声音，怪。"红心蕉"，多美的字面，红得浓得好。要红，要热，要烈，就得浓，浓得化不开，树胶似的才有意思，"我的心像芭蕉的心，红……"不成！"紧紧的卷着，我的红浓的芭蕉的心……"更不成。趁早别再诌什么诗了。自然的变化，只要你有眼，随时随地都是绝妙的诗。完全天生的。白做就不成。看这骤雨，这万千雨点奔腾的气势，这迷蒙，这渲染，看这一小方草生受这暴雨的侵凌，鞭打，针刺，脚踹，可怜的小草，无辜的……可是慢着，你说小草要是会说话。它们会嚷痛，会叫冤不？难说他们就爱这门儿——出其不意的，使蛮劲的，太急一些，当然，可这正见情热，谁说这外表的凶狠不是变相的爱。有人就爱这急劲儿！

再说小草儿吃亏了没有，让急雨狼虎似的胡亲了这一阵子？别说了，它们这才真漏着喜色哪，绿得发亮，绿得生油，绿得放光。它们这才乐哪！

呒，一首淫诗，蕉心红得浓，绿草绿成油。本来么，自然就是淫，它那从来不知厌满的创化欲的表现还不是淫：淫，甚也。

不说别的，这雨后的泥草间就是万千小生物的胎宫，蚊虫，甲虫，长脚虫，青跳虫，慕光明的小生灵，人类的大敌。热带的自然更显得浓厚，更显得猖狂，更显得淫，夜晚的星都显得玲珑些，像要向你说话半开的妙口似的。

可是这一个人耽在旅舍里看雨，够多凄凉。上街不知向哪儿转，一个熟脸都看不见，话都说不通，天又快黑，胡湿的地，你上哪儿去？得。"有孤王……"一个小声音从廉枫的嗓子里自己唱了出来。"坐至在梅……"怎么了！哼起京调来了？一想着单身就转着梅龙镇，再转就该是李凤姐了吧，哼！好，从高超的诗思堕落到腐败的戏腔！可是京戏也不一定是腐败，何必一定得跟着现代人学势利？正德皇帝在梅龙镇上，林廉枫在星加坡。他有凤姐，我——惭愧没有。廉枫的眼前晃着舞台上凤姐的倩影，曳着围巾，托着盘，踩着跷。"自幼儿"……去你的！可是这闷是真的。雨后的天黑得更快，黑影一幕幕的直盖下来，麻雀儿都回家了。干什么好呢？有什么可干的？这叫做孤单的况味。这叫做闷。怪不得唐明皇在斜谷口听着栈道中的雨声难过，良心发现，想着玉环……我负了卿，负了卿……转自忆荒茔，——呃，又是戏！又不是戏迷，左哼右哼哼什么的！出门吧。

廉枫跳上了一架厂车，也不向那带回子帽的马来人开口，就用手比了一个丢圈子的手势。其马来人完全了解，脑袋微微的一侧，车就开了。焦桃片似的店房，黑芝麻长条饼似的街，野兽似的汽车，磕头虫似的人力车，长人似的树，矮树似的人。廉枫在急掣的车上快镜似的收着模糊的影片，同时顶头风刮得他本来梳整齐的分边的头发直向后冲，有几根沾着他的眼皮痒痒的舐，掠上了又下来，怪难受的。这风可真凉爽，皮肤上，毛孔里，哪儿都受用，像是在最温柔的水波里游泳。做鱼的快乐。气流似乎是密一点，显得沉。一只疏荡的胳膊压在你的心窝上……确是有肉糜的气息，浓得化不开。快，快，芭蕉的巨灵掌，椰子树的旗头，橡皮树的白鼓眼，棕榈树的毛大腿，合欢树的红花痫，无花果树的要饭腔，蹲着脖子，弯着臂膊……快，快，马来人的花棚，中国人家的氅灯，西洋人家的牛奶瓶，回子的回子帽，一脸的黑花，活像一只煨灶的猫……

  车忽然停住在那有名的猪水潭的时候，廉枫快活的心轮转得比车轮更显得快，这一顿才把他从幻想里锤了回来。这时候旅困是完全叫风给刮散了。风也刮散了天空的云，大狗星张着大眼霸占着东半天，猎夫只看见两只腿，天马也只漏半身，吐鲁士牛大哥只翘着一支小尾。咦，居然有湖心亭。这是谁的主意？红毛人都雅化了，唉。不坏，黄昏未死的紫曛，湖边丛林的倒影，林树间艳艳的红灯，瘦玲玲的窄堤桥连通着湖亭。水面上若无若有的涟漪，天顶几颗疏散的星。真不坏。但他走上堤桥不到半路就发现那亭子里一齿齿的把柄，原来这是为安量水表的，可这也将就，反正轮廓是一座湖亭，平湖秋月……呒，有人在哪！这回他发现的是靠亭阑的一双人影，本来是糊成一饼的，他一走近打搅了他们。"道歉，有扰清兴，但我还不只是一朵游云，虑俺作甚。"廉枫默诵着他戏白的念头，粗粗望了望湖，转身走了回去。"苟……"他坐上车起首想，但他记起了烟卷，忙着在风尖上划火，下文如其有，也在他第一喷龙卷烟里没了。

廉枫回进旅店门仿佛又投进了昏沉的圈套。一阵热，一阵烦，又压上了他在晚凉中疏爽了来的心胸。他正想叹一口安命的气走上楼去，他忽然感到一股彩流的袭击从右首窗边的桌座上飞骠了过来。一种巧妙的敏锐的刺激，一种浓艳的警告，一种不是没有美感的迷惑。只有在巴黎晦盲的市街上走进新派的画店时，仿佛感到过相类的惊惧。一张佛拉明果的野景，一幅玛提斯的窗景，或是佛朗次马克的一方人头马面。或是马克夏高尔一个卖菜老头。可这是怎么了，那窗边又没有挂什么未来派的画，廉枫最初感觉到的是一球大红，像是火焰，其次是一片乌黑，墨晶似的浓，可又花须似的轻柔；再次是一流蜜，金漾漾的一泻，再次是朱古律（Choclate），饱和着奶油最可口的朱古律。这些色感因为浓初来昂得凌乱，但瞬息间线条和轮廓的辨认笼住了色彩的蓬勃的波流。廉枫幽幽的喘了一口气。"一个黑女人，什么了！"可是多妖艳的一个黑女，这打扮真是绝了，艺术的手腕神化了天生的材料，好！乌黑的惺忪的是她的发，红的是一边鬓角上的插花，蜜色是她的玲巧的挂肩，朱古律是姑娘的肌肤的鲜艳，得儿朗打打，得儿铃丁丁……廉枫停步在楼梯边的欣赏不期然的流成了新韵。

"还漏了一点小小的却也不可少的点缀，她一只手腕上还带着一小支金环哪。"廉枫上楼进了房还是尽转着这绝妙的诗题——色香味俱全的奶油朱古律，耐宿儿老牌，两个便士一厚块，拿铜子往轧缝里放。一，二，再拉那铁环，喂，一块印金字红纸包的耐宿儿奶油朱古律。可口！最早黑人上画的伯是孟内那张《奥林匹亚》吧，有心机的画家，廉枫躺在床上在脑筋里翻着近代的画史。有心机有胆识的画家，他不但敢用黑，而且敢用黑来衬托黑，唉，那斜躺着的奥林比亚不是鬓上也插着一朵花吗？底下的那位很有点像奥林比亚的抄本，就是白的变黑了。但最早对朱古律的肉色表示敬意的可还得让还高根，对了，就是那味儿，浓得化不开，他为人间，发现了朱古律皮肉的色香味，他那本 NOA，Noa 是二十世纪的新生命——到半开化，全野蛮的风土间去发现文化的本真，开辟文艺的新感觉……

但底下那位朱古律姑娘倒是作什么的？作什么的，傻子！她是一个人道主义者，一筏普济的慈航，他是赈灾的特派员，她是来慰藉旅人的幽独的。可惜不曾看清她的眉目，望去只觉得浓，浓得化不开。谁知道她眉清还目秀。眉清目秀！思想落后！唯美派的新字典上没有这类腐败的字眼。且不管她眉目，她那姿态确是动人，怯怜怜的，简直是秀丽，衣服也剪裁得好，一头蓬松的乌霞就耐人寻味。"好花儿出至在僻岛上！"廉枫闭着眼又哼上了。……

"谁，"窸窣的门响将他从床上惊跳了起来，门慢慢的自己开着，廉枫的眼前一亮，红的！一朵花！是她！进来了！这怎么好！镇定，傻子，这怕什么？

她果然进来了，红的，蜜的，乌的，金的，朱古律，耐宿儿，奶油，全进来了。你不许我进来吗？朱古律笑口的低声的唱着，反手关上了门。这回眉目认得清楚了。清秀，秀丽，韶丽；不成，实在得另翻一本字典，可是"妖艳"，总合得上。廉枫迷糊的脑筋里挂上了"妖""艳"两个大字。朱古律姑娘也不等请，已经自己坐上了廉枫的床沿。你倒像是怕我似的，我又不是马来半岛上的老虎！朱古律的浓重的色浓重的香团团围裹住了半心跳的旅客。浓得化不开！李凤姐，李凤姐，这不是你要的好花儿自己来了！笼着金环的一支手腕放上了他的身，紫姜的一支小手把住了他的手。廉枫从没有知道他自己的手有那样的白。"等你家哥哥回来"……廉视觉得他自己变了骤雨下的小草，不知道是好过，也不知道是难受。湖心亭上那一饼子黑影。大自然的创化欲。你不爱我吗？朱古律的声音也动人——脆，幽，媚。一只青蛙跳进了池潭；扑崔！猎夫该从林子里跑出来了吧？你不爱我吗？我知道你爱，方才你在楼梯边看我我就知道，对不对亲孩子？紫姜辣上了他的面庞，救驾！快辣上他的口唇了。可怜的孩子，一个人住着也不嫌冷清，你瞧，这胖胖的荷兰老婆都让你抱瘪了，你不害臊吗？廉枫一看果然那荷兰老婆让他给挤扁了，他不由的觉得脸有些发烧。我来做你的老婆好不好？朱古律的乌云都盖下来了。"有孤王……"使不得。朱古律，盖苏文，青面獠牙的……"千米一家的姑母，"血盆的大口，高耸的颧骨，狼嗥的笑响……鞭打，针刺，脚踢——喜色，呸，见鬼！唷，闷死了，不好，茶房！

廉枫想叫可是嚷不出，身上油油的觉得全是汗。醒了醒了，可了不得，这心跳得多厉害。荷兰老婆活该遭劫，夹成了一个破烂的葫芦。廉枫觉得口里直发腻，紫姜，朱古律，也不知是什么。浓得化不开。

十七年一月

（载于1928年1月《新月》第1卷第10期，收入《轮盘》）

"浓得化不开"之二(香港)

廉枫到了香港,他见的九龙是几条盘错的运货车的浅轨,似乎有头有尾,有中段,也似乎有隐现的爪牙,甚至在火车头穿度那栅门时似乎有迷漫的云气。中原的念头,虽则有广九车站上高标的大钟的暗示,当然是不能在九龙的云气中幸存。这在事实上也省了许多无谓的感慨。因此眼看着对岸,屋宇像樱花似盛开着的一座山头,如同对着希望的化身,竟然欣欣的上了渡船,从妖龙的脊背上过渡到希望的化身去。

富庶,真富庶,从街角上的水果摊看到中环乃至上环大街的珠宝店;从悬挂得如同 Banyan。树一般繁衍的腊食及海味铺看到穿着定阔花边艳色新装走街的粤女;从石子街的花市看到饭店门口陈列着"时鲜"的花狸金钱豹以及在浑水盂内倦卧着的海狗鱼,唯一的印象是一个不容分析的印象:浓密,琳琅。琳琅琳琅,廉枫似乎听得到钟磬相击的声响。富庶,真富庶。

但看香港,至少玩香港少不了坐吊盘车上山去一趟。这吊着上去是有些好玩。海面,海港,海边,部在轴辘声中继续的往下沉。对岸的山,龙蛇似盘旋着的山脉,也往下沉,但单是直落的往下沉还不奇,妙的是一边你自身凭空的往上提,一边绿的一角海,灰的一陇山,白的方的房屋,高直的树,都怪相的一头吊了起来结果是像一幅画斜提着看似的。同时这边的山头从平放的馒头变成侧竖的,山腰里的屋子从横刺里倾斜了去,相近的树木也跟着平行的来。怪极了。原来一个人从来不想到他自己的地位也有不端正的时候;你坐在吊盘车里只觉得眼前的事物都发了疯,倒竖了起来。

但吊盘车的车里也有可注意的。一个女性在廉枫的前几行椅座上坐着。她满不管车外拿大顶的世界,她有她的世界。她坐着,屈着一支腿,脑袋有时枕着椅背,眼向着车顶望,一个手指含在唇齿间。这不由人不注意。她是一个少妇与少女间的年轻女子。这不由人不注意,虽则车外的世界都在那里倒竖着玩。

她在前面走。上山。左转弯,右转弯,宕一个。山腰的弧线,她在前面走。沿着山堤,靠着岩壁,转入 Aloe 丛中,绕着一所房舍,抄一折小径,拾几级石磴,她在前面走。如其山路的姿态是婀娜,她的也是的。灵活的山的腰身,灵活的女人的腰身。浓浓的折叠着,融融的松散着。肌肉的神奇!动的神奇!

廉枫心目中的山景,一幅幅的舒展着,有的山背海,有的山套山,有的浓荫,有的巉岩,但不论精粗,每幅的中点总是她,她的动,她的中段的摆动。但当她转入一个比较深奥的山坳时廉枫猛然记起了 Tannhäuser 的幸运与命运——吃灵魂的薇纳丝。一样的肥满。前面别是她的洞府吭危险,小心了!

她果然进了她的洞府,她居然也回头看来,她竟然似乎在回头时露着微哂的瓠犀。孩子,你敢吗?那洞府径直的石级像直通上天。她进了洞了。但这时候路旁又发生一个新现象,惊醒了廉枫"邓浩然"的遐想。一个老婆子操着最破烂的粤音问他要钱,她不是化子,至少不是职业的,因为她现成有她体面的职业。她是一个劳工。她是一个挑砖瓦的。挑砖瓦上山因红毛人要造房子。新鲜的是她同时挑着不止一副重担,她的是局段的回复的运输。挑上一招,走上一节路,空身下来再挑一担上去,如此再下再上,再下再上。她不但有了年纪,她并且是个病人,她的喘是哮喘,不仅是登高的喘,她也咳嗽,她有时全身都咳嗽。但她可解释错了。她以为廉枫停步在路中是对她发生了哀怜的趣味;以为看上了她!她实在没有注意到这位年轻人的眼光曾经飞注到云端里的天梯上,她实在想不到在这寂寞的山道上会有与她利益相冲突的现象。她当然不能使她失望。当得成全他的慈悲心。她向他伸直了她的一只焦枯得像贝壳似的手,口里呢喃着在她是最软柔的语调。但"她"已经进洞府了。

往更高处去。往顶峰的顶上去。头顶着天,脚踏着地尖,放眼到寥廓的天边。这次的凭眺不是寻常的凭眺。这不是香港,这简直是蓬莱仙岛，廉枫的全身，他的全人，他的全心神，都感到了酣醉，觉得震荡。宇宙的肉身的神奇。动在静中，静在动中的神奇。在一刹那间，在他的眼内，要他的全生命的眼内，这当前的景象幻化成一个神灵的微笑，一折完美的歌调，一朵宇宙的琼花。一朵宇宙的琼花在时空不容分忇的仙掌上俄然的擎出了它全盘的灵异。山的起伏，海的起伏，光的起伏；山的颜色，水的颜色，光的颜色——形成了一种不可比况的空灵，一种不可比况的节奏，一种不可比况的谐和。一方宝石，一球纯晶，一颗珠，一个水泡。

但这只是一刹那，也许只许一刹那。在这刹那间廉枫觉得他的脉搏都止息了跳动。他化入了宇宙的脉搏。在这刹那间一切都融合了，一切都消纳了，一切都停止了它本体的现象的动作来参加这"刹那的神奇"的伟大的化生。在这刹那间他上山来心头累聚着的杂格的印象与思绪梦似的消失了踪影。倒挂的一角海，龙的爪牙，少妇的腰身，老妇人的手与乞讨的碎琐，薇纳丝的洞府，全没了。但转瞬间现象的世界重复回还。一层纱幕，适才睁眼纵览时顿然揭去的那一层纱幕，重复不容商榷的盖上了大地。在你也回复了各自的辨认的感觉这景色是美，美极了的，但不再是方才那整个的灵异。另一种文法，另一种关键，另一种意义也许，但不再是那个。它的来与它的去，正如恋爱，正如信仰，不是意力可以支配，可以做主的。他这时候可以分别的赏识这一峰是一个秀挺的莲苞，那一屿像一只雄蹲的海豹，或是那湾海像一钩的眉月；他也能欣赏这幅天然画图的色彩与线条的配置，透视的匀整或是别的什么，但他见的只是一座山峰，一湾海，或是一幅画图。他尤其惊讶那波光的灵秀，有的是绿玉，有的是紫晶，有的是琥珀，有的是翡翠，这波光接连着山岚的晴霭，化成一种异样的珠光，扫荡着无际的青空，但就这也是可以指点，可以比况给你身旁的友伴的一类诗意，也不再是初起那回事。这层遮隔的纱幕是盖定的了。

因此廉枫拾步下山时心胸的舒爽与恬适不是不和杂着，虽则是隐隐的，一些无名的调帐。过山腰时他又飞眼望了望那"洞府"，也向路侧寻觅那挑砖瓦的老妇，她还是忙着搬运着她那搬运不完的重担。但她对他犹是对"她"兴趣远不如上山时的那样馥郁了。他到半山的凉座地方坐下来休息时，他的思想几乎完全中止了活动。

（载于1929年3月《新月》第2卷第1期，收入《轮盘》）

泰山日出

振铎来信要我在《小说月报》的泰戈尔号上说几句话。我也曾答应了,但这一时游济南游泰山游孔陵,太乐了,一时竟拉不拢心思来做整篇的文字,一直挨到现在期限快到,只得勉强坐下来,把我想得到的话不整齐的写出。

我们在泰山顶上看出太阳,在航过海的人,看太阳从地平线下爬上来,本不是奇事;而且我个人是曾饱饫过红海与印度洋无比的日彩的。但在高山顶上看日出,尤其在泰山顶上,我们无餍的好奇心,当然盼望一种特异的境界,与平原或海上不同的。果然,我们初起时,天还暗沉沉的,西方是一片的铁青,东方微有些白意,宇宙只是——如用旧词形容——一体莽莽苍苍的。但这是我一面感觉劲烈的晓寒,一面睡眠不曾十分醒豁时约略的印象,等到留心回览时,我不由得大声的狂叫——因为眼前只是一个见所未见的境界。原来昨夜整夜暴风的工程,却砌成一座普遍的云海,除了日观峰与我们所在的玉皇顶以外,东西南北只是平铺着弥漫的云气,在朝旭未露前,宛似无量数厚毳长绒的绵羊,交颈接背的眠着,卷耳与弯角都依稀辨认得出。那时候在这茫茫的云海中,我独自站在雾霭溟蒙的小岛上,发生了奇异的幻想——

我躯体无限的长大,脚下的山峦比例我的身量,只是一块拳石;这巨人披着散发,长发在风里像一面墨色的大旗,飒飒的在飘荡。这巨人竖立在大地的顶尖上,仰面向着东方,平拓着一双长臂,在盼望,在迎接,在催促,在默默的叫唤;在崇拜,在祈祷,在流泪——在流久慕未见而将见悲喜交互的热泪……

这泪不是空流的,这默祷不是不生显应的。

巨人的手,指向着东方——

东方有的,在展露的,是什么?

东方有的是瑰丽荣华的色彩,东方有的是伟大普照的光明——出现了,到了,在这里了……

玫瑰汁、葡萄浆、紫荆液、玛瑙精、霜枫叶——大量的染工,在层累的云底工作,无数蜿蜒的鱼龙,爬进了苍白色的云堆。

一方的异彩,揭去了满天的睡意,唤醒了四隅的明霞—光明的神驹,在热奋地驰骋……

云海也活了,眠熟了兽形的涛澜,又回复了伟大的呼啸,昂头摇尾的向着我们朝露染着馒形的小岛冲洗,激起了四岸的水沫浪花,震荡着这生命的浮礁,似在报告光明与欢欣之临在……

再看东方——海句力士已经扫荡了他的阻碍,雀屏似的金霞,从无垠的肩上产生,展开在大地的边沿。起……起……用力,用力,纯焰的圆颅,一探再探的跃出了地平,翻登了云背,临照在天空……

歌唱呀,赞美呀,这是东方之复活,这是光明的胜利……

散发祷祝的巨人,他的身彩横亘在无边的云海上,已经渐渐的消翳在普遍的欢欣里。现在他雄浑的颂美的歌声,也已在霞采变幻中,普彻了四方八隅……

听呀,这普彻的欢声;看呀,这普照的光明!

这是我此时回忆泰山日出时的幻想,亦是我想望泰戈尔来华的颂词。

(原载于1923年9月《小说月报》第14卷第9号)

泰戈尔

我有几句话想趁这个机会对诸君讲,不知道你们有没有耐心听。泰戈尔先生快走了,在几天内他就离别北京,在一两个星期内他就告辞中国。他这一去大约是不会再来的了。也许他永远不能再到中国。

他是六七十岁的老人,他非但身体不强健,他并且是有病的。所以他要到中国来,不但他的家属,他的亲戚朋友,他的医生,都不愿意他冒险,就是他欧洲的朋友,比如法国的罗曼·罗兰,也都有信去劝阻他。他自己也曾经踌躇了好久,他心里常常盘算他如其到中国来,他究竟能不能够给我们好处,他想中国人自有他们的诗人、思想家、教育家,他们有他们的智慧、天才、心智的财富与营养,他们更用不着外来的补助与戟刺,我只是一个诗人,我没有宗教家的福音,没有哲学家的理论,更没有科学家实利的效用,或是工程师建设的才能,他们要我去做什么,我自己又为什么要去,我有什么礼物带去满足他们的盼望。他真的很觉得迟疑,所以他延迟了他的行期。但是他也对我们说到冬天完了春风吹动的时候(印度的春风比我们的吹得早),他不由的感觉了一种内迫的冲动，他面对着逐渐滋长的青草与鲜花，不由的抛弃了，忘却了他应尽的职务，不由的解放了他的歌唱的本能，和着新来的鸣雀，在柔软的南风中开怀的讴吟。同时他收到我们催请的信，我们青年盼望他的诚意与热心，唤起了老人的勇气。他立即定夺了他东来的决心。他说趁我暮年的肢体不曾僵透，趁我衰老的心灵还能感受，决不可错过这最后唯一的机会，这博大、从容、礼让的民族，我幼年时便发心朝拜，与其将来在黄昏寂静的境界中萎衰的惆怅，何如利用这夕阳未暝时的光芒，了却我晋香人的心愿？

他所以决意的东来，他不顾亲友的劝阻，医生的警告，不顾自身的高年与病体，他也撇开了在本国一切的任务，跋涉了万里的海程，他来到了中国。

自从四月十二在上海登岸以来，可怜老人不曾有过一半天完整的休息，旅行的劳顿不必说，单就公开的演讲以及较小集会时的谈话，至少也有了三四十次！他的，我们知道，不是教授们的讲义，不是教士们的讲道，他的心府不是堆积货品的栈房，他的辞令不是教科书的喇叭。他是灵活的泉水，一颗颗颤动的圆珠从他心里兢兢的泛登水面都是生命的精液；他是瀑布的吼声，在白云间，青林中，石罅里，不住的啸响；他是百灵的歌声，他的欢欣、愤慨、响亮的谐音，弥漫在无际的晴空。但是他是倦了。

终夜的狂歌已经耗尽了子规的精力。东方的曙色亦照出他点点的心血，染红了蔷薇枝上的白露。

老人是疲乏了。这几天他睡眠也不得安宁，他已经透支了他有限的精力。他差不多是靠散拿吐瑾过日的。他不由的不感觉风尘的厌倦，他时常想念他少年时在恒河边沿拍浮的清福，他想望椰树的清荫与曼果的甜瓤。

但他还不仅是身体的惫劳，他也感觉心境的不舒畅。这是很不幸的。我们做主人的只是深深的负歉。他这次来华，不为游历，不为政治，更不为私人的利益，他熬着高年，冒着病体，抛弃自身的事业，备尝行旅的辛苦，他究竟为的是什么？他为的只是一点看不见的情感，说远一点，他的使命是在修补中国与印度两民族间中断千余年的桥梁。说近一点，他只想感召我们青年真挚的同情。因为他是信仰生命的，他是尊崇青年的，他是歌颂青春与清晨的，他永远指点着前途的光明。悲悯是当初释迦牟尼证果的动机，悲悯也是泰戈尔先生不辞艰苦的动机。现代的文明只是骇人的浪费，贪淫与残暴，自私与自大，相猜与相忌，台风似的倾覆了人道的平衡，产生了巨大的毁灭。芜秽的心田里只是误解的蔓草，毒害同情的种子，更没有收成的希冀。在这个荒惨的境地里，难得有少数的丈夫，不怕阻难，不自馁怯，肩上扛着铲除误解的大锄，口袋里满装着新鲜人道的种子，不问天时是阴是雨是晴，不问是早晨是黄昏是黑夜，他只是努力的工作，清理一方泥土，施殖一方生命，同时口唱着嘹亮的新歌，鼓舞在黑暗中将次透露的萌芽。泰戈尔先生就是这少数中的一个。他是来广布同情的，他是来消除成见的。我们亲眼见过他慈祥的阳春似的表情，亲耳听过他从心灵底里迸裂出的大声，我想只要我们的良心不曾受恶毒的烟煤熏黑，或是被恶浊的偏见污抹，谁不曾感觉他至诚的力量，魔术似的，为我们生命的前途开辟了一个神奇的境界，燃点了理想的光明？所以我们也懂得他的深刻的懊怅与失望，如其他知道部分的青年不但不能容纳他的灵感，并且存心的诬毁他的热忱。我们固然奖励思想的独立，但我们决不敢附和误解的自由。他生平最满意的成绩就在他永远能得青年的同情，不论在德国，在丹麦，在美国，在日本，青年永远是他最忠心的朋友。他也曾经遭受种种的误解与攻击，政府的猜疑与报纸的诬捏与守旧派的讥评，不论如何的谬妄与剧烈，从不曾扰动他优容的大量，他的希望，他的信仰，他的爱心，他的至诚，完全的托付青年。我的须，我的发是白的，但我的心却永远是青的，他常常的对我们说，只要青年是我的知己，我理想的将来就有着落，我乐观的明灯永远不致暗淡。他不能相信纯洁的青年也会坠落在怀疑、猜忌、卑琐的泥溷，他更不能信中国的青年也会沾染不幸的污点。他真不预备在中国遭受意外的待遇。他很不自在，他很感觉异样的怆心。

因此精神的懊丧更加重他躯体的倦劳。他差不多是病了。我们当然很焦急的期望他的健康，但他再没有心境继续他的讲演。我们恐怕今天就是他在北京公开讲演最后的一个机会。他有休养的必要。我们也决不忍再使他耗费有限的精力。他不久又有长途的跋涉，他不能不有三四天完全的养息。所以从今天起，所有已经约定的集会，公开与私人的，一概撤销，他今天就出城去静养。

我们关切他的一定可以原谅，就是一小部分不愿意他来作客的诸君也可以自喜战略的成功。他是病了，他在北京不再开口了，他快走了，他从此不再来了。但是同学们，我们也得平心的想想，老人到底有什么罪，他有什么负心，他有什么不可容赦的犯案？公道是死了吗，为什么听不见你的声音？

他们说他是守旧，说他是顽固。我们能相信吗？他们说他是"太迟"，说他是"不合时宜"，我们能相信吗？他自己是不能信，真的不能信。他说这一定是滑稽家的反调。他一生所遭逢的批评只是太新，太早，太急进，太激烈，太革命的，太理想的，他六十年的生涯只是不断的奋斗与冲锋，他现在还只是冲锋与奋斗。但是他们说他是守旧，太迟，太老，他顽固奋斗的对象只是暴烈主义、资本主义、帝国主义、武力主义、杀灭性灵的物质主义；他主张的只是创造的生活，心灵的自由，国际的和平，教育的改造，普爱的实现。但他们说他是帝国政客的间谍，资本主义的助力，亡国奴族的流民，提倡裹脚的狂人！肮脏是在我们的政客与暴徒的心里，与我们的诗人又有什么关联？昏乱是在我们冒名的学者与文人的脑里，与我们的诗人又有什么亲属？我们何妨说太阳是黑的，我们何妨说苍蝇是真理？同学们听信我的话，像他的这样伟大的声音我们也许一辈子再不会听着的了。留神目前的机会，预防将来的惆怅！他的人格我们只能到历史上去搜寻比拟。他的博大的温柔的灵魂我敢说永远是人类记忆里的一次灵迹。他的无边际的想象与辽阔的同情使我们想起惠德曼；他的博爱的福音与宣传的热心使我们记起托尔斯泰；他的坚韧的意志与艺术的天才使我们想起造摩西像的密仡郎其罗；他的诙谐与智慧使我们想像当年的苏格拉底与老聃！他的人格的和谐与优美使我们想念暮年的葛德；他的慈祥的纯爱的抚摩，他的为人道不厌的努力，他的磅礴的大声，有时竟使我们唤起救主的心像；他的光彩，他的音乐，他的雄伟，使我们想念奥林必克山顶的大神。他是不可侵凌的，不可逾越的，他是自然界的一个神秘的现象。他是三春和暖的南风，惊醒树枝上的新芽，增添处女颊上的红晕。他是普照的阳光。他是一派浩瀚的大水，来从不可追寻的渊源，在大地的怀抱中终古的流着，不息的流着，我们只是两岸的居民，凭借这慈恩的天赋，灌溉我们的田稻，苏解我们的消渴，洗净我们的污垢。他是喜马拉雅积雪的山峰，一般的崇高，一般的纯洁，一般的壮丽，一般的高傲，只有无限的青天枕藉他银白的头颅。

人格是一个不可错误的实在，荒歉是一件大事，但我们是饿惯了的，只认鸠形与鹄面是人生本来的面目，永远忘却了真健康的颜色与彩泽。标准的降低是一种可耻的堕落；我们只是踞坐在井底青蛙，但我们更没有怀疑的余地。我们也许揣详东方的初白，却不能非议中天的太阳。我们也许见惯了阴霾的天时，不耐这热烈的光焰，消散天空的云雾，暴露地面的荒芜，但同时在我们心灵的深处，我们岂不也感觉一个新鲜的影响，催促我们生命的跳动，唤醒潜在的想望，仿佛是武士望见了前峰烽烟的信号，更不踌躇的奋勇前向？只有接近了这样超轶的纯粹的丈夫，这样不可错误的实在，我们方始相形的自愧我们的口不够阔大，我们的嗓音不够响亮，我们的呼吸不够深长，我们的信仰不够坚定，我们的理想不够莹澈，我们的自由不够磅礴，我们的语言不够明白，我们的情感不够热烈，我们的努力不够勇猛，我们的资本不够充实……

我自信我不是恣滥不切事理的崇拜，我如其曾经应用浓烈的文字，这是因为我不能自制我浓烈的感想。但是我最急切要声明的是，我们的诗人，虽则常常招受神秘的徽号，在事实上却是最清明，最有趣，最诙谐，最不神秘的生灵。他是最通达人情，最近人情的。我盼望有机会追写他日常的生活与谈话。如其我是犯嫌疑的，如其我也是性近神秘的（有好多朋友这么说），你们还有适之先生的见证，他也说他是最可爱最可亲的个人；我们可以相信适之先生绝对没有"性近神秘"的嫌疑！所以无论他怎样的伟大与深厚，我们的诗人还只是有骨有血的人，不是野人，也不是天神。唯其是人，尤其是最富情感的人，所以他到处要求人道的温暖与安慰，他尤其要我们中国青年的同情与情爱。他已经为我们尽了责任，我们不应，更不忍辜负他的期望。同学们！爱你的爱，崇拜你的崇拜，是人情不是罪孽，是勇敢不是懦怯。

十二日在真光讲

落叶

前天你们查先生来电话要我讲演,我说但是我没有什么话讲,并且我又是最不耐烦讲演的。他说:你来吧,随你讲,随你自由的讲,你爱说什么就说什么。我们这里你知道这次开学情形很困难,我们学生的生活很枯燥,很闷了我们要你来给我们一点活命的水。这话打动了我。枯燥、闷,这我懂得。虽则我与你们诸君是不相熟的,但这一件事实,你们感觉生活枯闷的事实,却立即在我与诸君无形的关系间,发生了一种真的深切的同情。我知道烦闷是怎么样一个不成形不讲情理的怪物,他来的时候,我们的全身仿佛被一个大蜘蛛网盖住了,好容易挣出了这条手臂,那条又叫黏住了。那是一个可怕的网子。我也认识生活枯燥,他那可厌的面目,我想你们也都很认识他。他是无所不在的,他附在各个人的身上,他现在个个人的脸上。你望望你的朋友去,他们的脸上有他,你自己照镜子去,你的脸上,我想,也有他,可怕的枯燥,好比是一种毒剂,他一进了我们的血液,我们的性情,我们的皮肤就变了颜色。而且我怕是离着生命远,离着坟墓近的颜色。

我是一个信仰感情的人,也许我自己天生就是一个感情性的人。比如前几天西风到了,那天早上我醒的时候是冻着才醒过来的,我看着纸窗上的颜色比往常的淡了,我被窝里的肢体像是浸在冷水里似的,我也听见窗外的风声,吹着一棵枣树上的枯叶,一阵一阵的掉下来,在地上卷着,沙沙的发响,有的飞出了外院去,有的留在墙角边转着,那声响真像是叹气。我因此就想起这西风,冷醒了我的梦,吹散了树上的叶子,他那成绩在一般饥荒贫苦的社会里一定格外的凄惨。那天我出门的时候,果然见街上的情景比往常不同了;穷苦的老头、小孩全躲在街角上发抖;他们迟早免不了树上枯叶子的运命。那一天我就觉得特别的闷,差不多发愁了。

因此我听着查先生说你们生活怎样的烦闷,怎样的干枯,我就很懂得,我就愿意来对你们说一番话。我的思想——如其我有思想——永远不是成系统的。我没有那样的天才。我的心灵的活动是冲动性的,简直可以说痉挛性的。思想不来的时候,我不能要他来。他来的时候,就比如穿上一件湿衣,难受极了,只能想法子把他脱下。我有一个比喻,我方才说起秋风里的枯叶;我可以把我的思想比作树上的叶子,时期没有到,他们是不很会掉下来的;但是到时期了,再要有风的力量,他们就只能一片一片的往下落;大多数也许是已经没有生命了的,枯了的,焦了的,但其中也许有几张还留着一点秋天的颜色，比如枫叶就是红的，海棠叶就是五彩的。这叶子实用是绝对没有的；但有人，比如我自己，就有爱落叶的癖好。他们初下来时颜色有很鲜艳的，但时候久了，颜色也变。除非你保存得好。所以我的话，那就是我的思想，也是与落叶一样的无用，至多有时有几痕生命的颜色就是了。你们不爱的尽可以随意的踩过，绝对不必理会；但也许有少数人有缘分的，不责备他们的无用，竟许会把他们捡起来揣在怀里，间在书里，想延留他们幽澹的颜色，感情，真的感情，是难得的，是名贵的，是应当共有的；我们不应该拒绝感情，或是压迫感情，那是犯罪的行为，与压住泉眼不让上冲，或是掐住小孩不让喘气一样的犯罪。人在社会里本来是不相连续的个体。感情，先天的与后天的，是一种线索，一种经纬，把原来分散的个体组成有文章的整体。但有时线索也有破烂与涣散的时候，所以一个社会里必须有新的线索继续的产出，有破烂的地方去补，有涣散的地方去拉紧，才可以维持这组织大体的匀整，有时生产力特别加增时，我们就有机会或是推广，或是加添我们现有的面积，或是加密，像网球板穿双线似的，我们现成的组织，因为我们知道创造的势力与破坏的势力，建设与溃败的势力，上帝与撒旦的势力，是同时存在的。这两种势力是在一架天平上比着；他们很少平衡的时候，不是这头沉，就是那头沉，是的，人类的运命是在一架大天平上比着，一个巨大的黑影，那是我们集合的化身，在那里看着，他的手里满拿着分两的砝码，一会往这头送，一会又往那头送，地球尽转着，太阳、月亮、星，轮流的照着，我们的运命永远是在天平线上称着。

我方才说网球拍，不错，球拍是一个好比喻。你们打球的知道网拍上那里几根线是最吃重，最要紧，那几根线要是特别有劲的时候。不仅你对敌时拉球、抽球、拍球，格外来的有力，出色，并且你的拍子也就格外的经用。少数特强的分子保持了全体的匀整。这一条原则应用到人道上，就是说，假如我们有力量加密，加强我们最普通的同情线，那线如其穿连得到所有跳动的人心时，那时我们的大网子就坚实耐用，天津人说的，就有根。不问天时怎样的坏，管他雨也罢，云也罢，霜也罢，风也罢，管他水流怎样的急，我们假如有这样一个强有力的大网子，哪怕不能在时间无尽的洪流里——早晚网起无价的珍品，哪怕不能在我们运命的天平上重重的加下创造的生命的分量？

所以我说真的感情，真的人情，是难能可贵的，那是社会组织的基本成分。初起也许只是一个人心灵里偶然的震动，但这震动，不论怎样的微弱，就产生了及远的波纹；这波纹要是唤得起同情的反应时，原来细的便并成了粗的，原来弱的便合成了强的，原来脆性的便结成了韧性的，像一缕缕的苎麻打成了粗绳似的；

原来只是微波，现在掀成了大浪，原来只是山罅里的一股细水，现在流成了滚滚的大河，向着无边的海洋里流着。比如耶稣在山头上的训道"Sermon on the mount"还不是有限的几句话，但这一篇短短的演说，却制定了人类想望的止境，建设了绝对的价值的标准，创造了一个纯粹的完全的宗教。那是一件大事实，人类历史上一件最伟大的事实。再比如释迦牟尼感悟了生老病死的究竟，发大慈悲心，发大勇猛心，发大无畏心，抛弃了他人间的地位，富与贵，家庭与妻子，直到深山里去修道，结果他也替苦闷的人间打开了一条解放的大道，为东方民族的天才下一个最光华的定义。那又是人类历史上的一件奇迹。但这样大事的起源还不止是一个人的心灵里偶然的震动，可不仅仅是一滴最透明的真挚的感情滴落在黑沉沉的宇宙间？

感情是力量，不是知识。人的心是力量的府库，不是他的逻辑。有真感情的表现，不论是诗是文是音乐是雕刻或是画，好比是一块石子掷在平面的湖心里，你站着就看得见他引起的变化。没有生命的理论，不论他论的是什么理，只是拿石块扔在沙漠里，无非在干枯的地面上添一颗干枯的分子，也许掷下去时便听得出一些干枯的声响，但此外只是一大片死一般的沉寂了。所以感情才是成江成河的水泉，感情才是织成大网的线索。

但是我们自己的网子又是怎么样呢？现在时候到了，我们应当张大了我们的眼睛，认明白我们周围事实的真相。我们已经含糊了好久，现在再不容含糊的了。让我们来大声的宣布我们的网子是坏了的，破了的，烂了的；让我们痛快的宣告我们民族的破产，道德、政治、社会、宗教、文艺，一切都是破产了的。我们的心窝变成了蠹虫的家，我们的灵魂里住着一个可怕的大谎！那天平上沉着的一头是破坏的重量，不是创造的重量；是溃败的势力，不是建设的势力；是撒旦的魔力，不是上帝的神灵。霎时间这边路上长满了荆棘，那边道上涌起了洪水，我们头顶有骇人的声响，是雷霆还是炮火呢？我们周围有一哭声与笑声，哭是我们的灵魂受污辱的悲声，笑是活着的人们疯魔了的狞笑，那比鬼哭更听的可怕，更凄惨。我们张开眼来看时，差不多更没有一块干净的土地，哪一处不是叫鲜血与眼泪冲毁了的；更没有平安的所在，因为你即使忘得了外面的世界，你还是躲不了你自身的烦闷与苦痛。不要以为这样混沌的现象是原因于经济的不平等，或是政治的不安定，或是少数人的放肆的野心。这种种都是空虚的，欺人自欺的理论，说着容易，听着中听，因为我们只盼望脱卸我们自身的责任，只要不是我的分，我就有权利骂人，但这是，我着重的说，懦怯的行为，这正是我说的我们各个人灵魂里躲着的大谎！你说少数的政客，少数的军人，或是少数的富翁，是现在变乱的原因吗？我现在对你说：先生，你错了，你很大的错了，你太恭维了那少数人，你太瞧不起你自己。让我们一致的来承认，在太阳普遍的光亮底下承认，我们各个人的罪恶，各个人的不洁净，各个人的苟且与懦怯与卑鄙！我们是与最肮脏的一样的肮脏，与最丑陋的一般的丑陋，我们自身就是我们运命的原因。除非我们能起拔了我们灵魂里的大谎，我们就没有救度；我们要把祈祷的火焰把那鬼烧净了去，我们要把忏悔的眼泪把那鬼冲洗了去，我们要有勇敢来承当罪恶；有了勇敢来承当罪恶，方有胆量来决斗罪恶。再没有第二条路走。如其你们可以容恕我的厚颜，我想念我自己近作的一首诗给你们听，因为那首诗，正是我今天讲的话的更集中的表现——

一　毒药

今天不是我歌唱的日子，我口边涎着狞恶的微笑，不是我说笑的日子，我胸怀间插着发冷光的利刃；相信我，我的思想是恶毒的因为这世界是恶毒的，我的灵魂是黑暗的因为太阳已经灭绝了光彩，我的声调是像坟堆里的夜鸮因为人间已经杀尽了一切的和谐，我的口音像是冤鬼责问他的仇人因为一切的恩已经让路给一切的怨；但是相信我，真理是在我的话里虽则我的话像是毒药，真理是永远不含糊的虽则我的话里仿佛有两头蛇的舌，蝎子的尾尖，蜈蚣的触须；只因为我的心里充满着比毒药更强烈，比咒诅更狠毒，比火焰更猖狂，比死更深奥的不忍心与怜悯心与爱心，所以我说的话是毒性的，咒诅的，燎灼的，虚无的；相信我，我们一切的准绳已经埋没在珊瑚土打紧的墓宫里，最劲冽的祭肴的香味也穿不透这严封的地层：一切的准则是死了的；我们一切的信心像是顶烂在树枝上的风筝，我们手里擎着这迸断了的鹞线：一切的信心是烂了的；

相信我，猜疑的巨大的黑影，像一块乌云似的，已经笼盖着人间一切的关系：人子不再悲哭他新死的亲娘，兄弟不再来携着他姊妹的手，朋友变成了寇仇，看家的狗回头来咬他主人的腿：是的，猜疑淹没了一切；

在路旁坐着啼哭的，在街心里站着的，在你窗前探望的，都是被奸污的处女：池潭里只见些烂破的鲜艳的荷花；

在人道恶浊的涧水里流着，浮荇似的，五具残缺的尸体，它们是仁义礼智信，向着时间无尽的海澜里流去；

这海是一个不安静的海，波涛猖獗的翻着，在每个浪头的小白帽上分明的写着人欲与兽性；

到处是奸淫的现象：贪心搂抱着正义，猜忌逼迫着同情，懦怯猥亵着勇敢，肉欲侮弄着恋爱，暴力侵凌着人道，黑暗践踏着光明；

听呀，这一片淫猥的声响，听呀，这一片残暴的声响；

虎狼在热闹的市街里，强盗在你们妻子的床上，罪恶在你们深奥的灵魂里……

二　白旗

来，跟着我来，拿一面白旗在你的手里——不是上面写着，激动怨毒，鼓励残杀字样的白旗，也不是涂着不洁净血液的标记的白旗，也不是画着忏悔与咒语的白旗（把忏悔画在你们的心里）；

你们排列着，噤声的，严肃的，像送丧的行列，不容许脸上留存一丝的颜色，一毫的笑容，严肃的，噤声的，像一队决死的兵士；现在时辰到了，一齐举起你们手里的白旗，像举起你们的心一样，仰看着你们头顶的青天，不转瞬的，恐惶的，像看着你们自己魂一样；

现在时辰到了，你们让你们熬着，壅着，迸裂着，滚沸着的眼泪流，直流，狂流，自由的流，痛快的流，尽性的流，像山水出峡似的流，像暴雨倾盆似的流……

现在时辰到了，你们让你们咽着，压迫着，挣扎着，汹涌着的声音嚎，狂嚎，放肆的嚎，凶狠的嚎，像飓风在大海波涛间的嚎，像你们丧失了最亲爱的骨肉时的嚎……

现在时辰到了，你们让你们回复了的天性忏悔，让眼泪的滚油煎净了的，让悲恸的雷霆震醒了的天性忏悔，默默的忏悔，悠久的忏悔，沉彻的忏悔，像冷峭的星光照落在一个寂寞的山谷里，像一个黑衣的尼僧匐伏在一座金漆的神龛前；

……

在眼泪的沸腾里，在嚎恸的酣彻里，在忏悔的沉寂里，你们望见了上帝永久的威严。

三　婴儿

我们要盼望一个伟大的事实出现，我们要守候一个馨香的婴儿出世——你看他那母亲在她生产的床上受罪！

她那少妇的安详，柔和，端丽现在在剧烈的阵痛里变形成不可信的丑恶：你看她那遍体的筋络都在她薄嫩的皮肤底里暴涨着，可怕的青色与紫色，像受惊的水青蛇在田沟里急泅似的，汗珠站在她的前额上像一颗颗的黄豆。她的四肢与身体猛烈的抽搐着，畸屈着，奋挺着，纠旋着，仿佛她垫着的席子是用针尖编成的，仿佛她的帐围是用火焰织成的；

一个安详的，镇定的，端庄的，美丽的少妇，现在在绞痛的惨酷里变形成魔鬼似的可怖：她的眼，一时紧紧的阖着，一时巨大的睁着，她那眼，原来像冬夜池潭里反映着的明星，现在吐露着青黄色的凶焰，眼珠像是烧红的炭火，映射出她灵魂最后的奋斗，她的原来朱红色的口唇，现在像是炉底的冷灰，她的口颤着，撅着，扭着，死神的热烈的亲吻不容许她一息的平安，她的发是散披着，横在口边，漫在胸前，像揪乱的麻丝，她的手指间紧抓着几穗拧下来的乱发；这母亲在她生产的床上受罪——

但她还不曾绝望，她的生命挣扎着血与肉与骨与肢体的纤微，在危崖的边沿上，抵抗着，搏斗着，死神的逼迫；

她还不曾放手，因为她知道（她的灵魂知道！）这苦痛不是无因的，因为她知道她的胎宫里孕育着一点比她自己更伟大的生命的种子，包涵着一个比一切更永久的婴儿；

因为她知道这苦痛是婴儿要求出世的征候，是种子在泥土里爆裂成美丽的生命的消息，是她完成她自己生命的使命的时机；因为她知道这忍耐是有结果的，在她剧痛的昏瞀中她仿佛听着上帝准许人间祈祷的声音，她仿佛听着天使们赞美未来的光明的声音；

因此她忍耐着，抵抗着，奋斗着……她抵拼绷断她统体的纤微，她赎出在她那胎宫里动荡着的生命，在她一个完全，美丽的婴儿出世的盼望中，最锐利，最沉酣的痛感逼成了最锐利最沉酣的快感……

这也许是无聊的希冀，但是谁不愿意活命，就使到了绝望最后的边沿，我们还要妄想希望的手臂从黑暗里伸出来挽着我们。我们不能不想望这苦痛的现在，只是准备着一个更光荣的将来，我们要盼望一个洁白的肥胖的活泼的婴儿出世！

新近有两件事实，使我得到很深的感触。让我来说给你们听听。

前几时有一天俄国公使馆挂旗,我也去看了。加拉罕站在台上,微微的笑着,他的脸上发出一种严肃的青光,他侧仰着他的头看旗上升时,我觉着了他的人格的尊严,他至少是一个有胆有略的男子,他有为主义牺牲的决心,他的脸上至少没有苟且的痕迹,同时屋顶那根旗杆上,冉冉的升上了一片的红光,背着窈远没有一斑云彩的青天。那面簇新的红旗在风前料峭的袅荡个不定。这异样的彩色与声响引起了我异样的感想。是腼腆,是骄傲,还是鄙夷,如今这红旗初次面对着我们偌大的民族。在场人也有拍掌的,但只是断续的拍掌,这就算是我想我们初次见红旗的敬意;但又是鄙夷,骄傲,还是惭愧呢?那红色是一个伟大的象征,代表人类史里伟大的一个时期;不仅标示俄国民族流血的成绩,却也为人类立下了一个勇敢尝试的榜样。在那旗子抖动的声音里我不仅仿佛听出了这近十年来那斯拉夫民族失败与胜利的呼声,我也想象到百数十年前法国革命时的狂热,一七八九年七月四日那天巴黎市民攻破巴士梯亚牢狱时的疯癫。自由,平等,友爱!友爱,平等,自由!你们听呀,在这呼声里人类理想的火焰一直从地面上直冲破天顶,历史上再没有更重要更强烈的转变的时期。卡莱尔(Carlyle)在他的法国革命史里形容这件大事有三句名句,他说:"To describe this scene transcends the talent of mortals. After

four hours of world bedlam it surrenders.The Bastille is down！"他说：
"要形容这一景超过了凡人的力量。过了四小时的疯狂他（那大牢）投降了。巴士梯亚是下了！"打破一个政治犯的牢狱不算是了不得的大事，但这事实里有一个象征。巴士梯亚是代表阻碍自由的势力，巴黎市民的攻击是代表全人类争自由的势力，巴士梯亚的"下"是人类理想胜利的凭证。自由，平等，友爱！友爱，平等，自由！法国人在百几十年前猖狂的叫着。这叫声还在人类的性灵里荡着。我们不好像听见吗，虽则隔着百几十年光阴的旷野。如今凶恶的巴士梯亚又在我们的面前堵着；我们如其再不发疯，他那牢门上的铁钉，一个个都快刺透我们的心胸了！

  这是一件事，还有一件是我六月间伴着泰戈尔到日本时的感想。早七年我过太平洋时曾经到东京去玩过几个钟头，我记得到上野公园去，上一座小山去下望东京的市场，只见连绵的高楼大厦，一派富盛繁华的景象。这回我又到上野去了，我又登山去望东京城了，那分别可太大了！房子，不错，原是有的；但从前是几层楼的高房，还有不少有名的建筑，比如帝国剧场、帝国大学等等，这次看见的，说也可怜，只是薄皮松板暂时支着应用的鱼鳞似的屋子，白松松的像一个烂发的花头，再没有从前那样富盛与繁华的气象。十九的城子都是叫那大地震吞了去烧了去的。我们站着的地面平常看是再坚实不过的，但是等到他起兴时小小的翻一个身，或是微微的张一张口，我们脆弱的文明与脆弱的生命就够受。我们在中国的差不多是不能想着世界上，在醒着的不是梦里的世界上，竟可以有那样的大灾难。我们中国人是在灾难里讨生活的，水，旱，刀兵，盗劫，哪一样没有，但是我敢说我们所有的灾难合起来，也抵不上我们邻居一年前遭受的大难，那事情的可怕，我敢说是超过了人类忍受力的止境。我们国内居然有人以日本人这次大灾为可喜的，说他们活该，我真要请协和医院大夫用 X 光检查一下他们那几位，究竟他们是有没有心肝的。因为在可怕的运命的面前，我们人类的全体只是一群在山里逢着雷霆风雨时的绵羊，哪里还能容什么种族、政治等等的偏见与意气？我来说一点情形给你们听听，因为虽则是你们在报上看过极详细的记载，不曾亲自察看过的总不免有多少距离的隔膜。我自己未到日本前与看过日本后，见解就完全的不同。你们试想假定我们今天在这里集会。我讲的，你们听的，假如日本那把戏轮着我们头上来时，要不了的搭的搭的搭的三秒钟我与你们与讲台与屋子就永远诀别了地面，像变戏法似的，影踪都没了，那是事实，横滨有好几所五六层高的大楼，全是在三四秒时间内整个儿与地面拉一个平，全没了。你们知道圣书里面形容天降大难的时候，不要说本来脆弱的人类完全放弃了一切的虚荣，就是最猛挚的野兽与飞禽也会在刹时间变化了性质，老虎会来小猫似的挨着你躲着，利喙的鹰鹞会得躲入鸡棚里去窝着，比鸡还要驯服。在那样非常的变动时，他们也好似觉悟了这彼此同是生物的亲属关系，在天怒的跟前同是剥夺了抵抗力的小虫子，这里面就发生了同运命的同情。你们试想就东京一地说，二三百万的人口，几十百年辛勤的成绩，突然的面对着最后审判的实在，就在今天我们回想起当时他们全城子像一个滚沸的油锅时的情景，原来热闹的市场变成了光焰万丈的火盆，在这里面人类最集中的心力与体力的成绩全变了燃料，在这里面艺术、教育、政治、社会人的骨与肉与血都化成了灰烬，还有数百十万男女老小的哭嚷声，这哭声本体就可以摇动天地——我们不要说亲身经历，就是坐在椅子上想象这样不可信的情景时，也不免觉得害怕不是？那可不是顽儿的事情。单只描写那样的大变，恐怕至少就须要荷马或是莎士比亚的天才。你们试想在那时候，假如你们亲身经历时，你的心理该是怎么样？你还恨你的仇人吗？你还不饶恕你的朋友吗？你还沾恋你个人的私利吗？你还有欺哄人的机会吗？你还有什么希望吗？你还不搂住你身旁的生物，管他是你的妻子，你的老子，你的听差，你的妈，你的冤家，你的老妈子，你的猫，你的狗，把你灵魂里还剩下的光明一齐放射出来，和着你同难的同胞在这普遍的黑暗里来一个最后的结合吗？

但运命的手段还不是那样的简单。他要是把你的一切都扫灭了，那倒也是一个痛快的结束；他可不然。他还让你活着，他还有更苛刻的试验给你，太难过了，你还喘着气；你的家，你的财产，都变了你脚下的灰，你的爱亲与妻与儿女的骨肉还有烧不烂的在火堆里燃着，你没有了一切；但是太阳又在你的头上光亮的照着，你还是好好的在平定的地面上站着，你疑心这一定是梦，可又不是梦，因为不久你就发现与你同难的人们，他们也一样的疑心他们身受的是梦。可真不是梦；是真的，你还活着，你还喘着气，你得重新来过，根本的完全的重新来过，除非是你自愿放手，你的灵魂里再没有勇敢的分子。那才是你的真试验的时候。这考卷可不容易交了，要到那时候你才知道你自己究竟有多大能耐，值多少，有多少价值。

我们邻居日本人在灾后的实际就是这样。全完了，要来就得完全来过，尽你自身的力量不够，加上你儿子的，你孙子的，你孙子的儿子的儿子的孙子的努力，也许可以重新撑起这份家私，但在这努力的经程中，谁也保不定天与地不再捣乱；你的几十年只要他的几秒钟。问题所以是你干不干？就只干脆的一句话，你干不干，是或否？同时也许无情的运命，扭着他那丑陋可怕的脸子在你的身旁冷笑，等着你最后的回话。你干不干，仿佛也涎着他的怪脸问着你！

我们勇敢的邻居们已经交了他们的考卷；他们回答了一个干

脆的干字，我们不能不佩服。我们不能不尊敬他们精神的人格。不等那大震灾的火焰缓和下去，我们邻居们第二次的奋斗已经庄严的开始了。不等运命的残酷的手臂松放，他们已经宣言他们积极的态度对运命宣战。这是精神的胜利，这是伟大，这是证明他们有不可摇的信心，不可动的自信力；证明他们是有道德的与精神的准备的，有最坚强的毅力与忍耐力的，有内心潜在着的精力的，有充分的后备军的，好比说，虽则前敌一起在炮火里毁了，这只是给他们一个出马的机会。他们不但不悲观，不但不消极，不但不绝望，不但不低着嗓子乞怜，不但不倒在地下等救，在他们看来这大灾难，只是一个伟大的刺激，伟大的鼓励，伟大的灵感，一个应有的试验，因此他们新来的态度只是双倍的积极，双倍的勇猛，双倍的兴奋，双倍的有希望；他们仿佛是经过大战的大将，战阵愈急迫愈危险，战鼓愈打得响亮，他的胆量愈大，往前冲的步子愈紧，必胜的决心愈强。这，我说，真是精神的胜利，一种道德的强制力，伟大的，难能的，可尊敬的，可佩服的。泰戈尔说的，国家的灾难，个人的灾难，都是一种试验：除是灾难的结果压倒了你的意志与勇敢，那才是真的灾难，因为你更没有翻身的希望。

这也并不是说他们不感觉灾难的实际的难受，他们也是人，他们虽勇，心究竟不是铁打的，但他们表现他们痛苦的状态是可注意的；他们不来零碎的呼叫，他们采用一种雄伟的庄严的仪式。此次震灾的周年纪念时；他们选定一个时间，举行他们全国的悲哀；在不知是几秒或几分钟的期间内，他们全国的国民一致的静默了，全国民的心灵在那短时间内融合在一阵忏悔的，祈祷的，普遍的肃静里（那是何等的凄伟！）；然后，一个信号打破了全国的静默，那千百万人民又一致的高声悲号，悲悼他们曾经遭受的惨运；在这一声弥漫的哀号里，他们国民，不仅发泄了蓄积着的悲哀，这一长号，也表明他们一致重新来过的伟大的决心（这又是何等的凄伟！）。

这是教训，我们最切题的教训。我个人从这两件事情——俄国革命与日本地震——感到极深刻的感想；一件是告诉我们什么是有意义有价值的牺牲，那表面紊乱的背后坚定的站着某种主义或是某种理想，激动人类潜伏着一种普遍的想望，为要达到那想望的境界，他们就不顾冒怎样剧烈的险与难，拉倒已成的建设，踏平现有的基础，抛却生活的习惯，尝试最不可测量的路子。这是一种疯癫，但是有目的的疯癫；单独的看，局部的看，我们尽可以下种种非难与责备的批评，但全部的看，历史的看时，那原来纷乱的就有了条理，原来散漫的就成了片段，甚至于在经程中一切反理性的分明残暴的事实都有了他们相当的应有的位置，在这部大悲剧完成时，在这无形的理想"物化"成事实时，在人类历史清理节帐时，所得便超过所出，赢余至少是盖得过损失的。我们现在自己的悲惨就在问题不集中，不清楚，不一贯；我们缺少——用一个现成的比喻——那一面半空里升起来的彩色旗（我不是主张红旗我不过比喻罢了！）使我们有眼睛能看的人都不由的不仰着头望；缺少那青天里的一个霹雳，使我们有耳朵能听的不由的惊心，正因为缺乏这样一个一贯的理想与标准（能够表现我们潜在意识所想望的），我们有的那一部疯癫性——历史上所有的大运动都脱不了疯癫性的成分——就没有机会充分的外现，我们物质生活的累赘与沾恋，便有力量压迫住我们精神性的奋斗；不是我们天生不肯牺牲，也不是天生懦怯，我们在这时期内的确不曾寻着值得或是强迫我们牺牲的那件理想的大事，结果是精力的散漫，志气的怠惰，苟且心理的普遍，悲观主义的盛行，一切道德标准与一切价值的毁灭与埋葬。

　　人原来是行为的动物，尤其是富有集合行为力的，他有向上的能力，但他也是最容易堕落的，在他眼前没有正当的方向时，比如猛兽监禁在铁笼子里。在他的行为力没有发展的机会时，他就会随地躺了下来，管他是水潭是泥潭，过他不黑不白的猪奴的生活，这是最可惨的现象，最可悲的趋向。如其我们容忍这种状态继续存在时，那时每一对父母每次生下一个洁净的小孩，只是为这卑劣的社会多添一个堕落的分子，那是莫大的亵渎的罪业；

所有的教育与训练也就根本的失去了意义，我们还不如盼望一个大雷霆下来毁尽了这三江或四江流域的人类的痕迹！

再看日本人天灾后的勇猛与毅力，我们就不由的不惭愧我们的穷，我们的乏，我们的寒伧。这精神的穷乏才是真可耻的，不是物质的穷乏。我们所受的苦难都还不是我们应有的试验的本身，那还差得远着哪；但是我们的丑态已经恰好与人家的从容成一个对照。我们的精神生活没有充分的涵养，所以临着稀小的纷扰便没有了主意，像一个耗子似的，他的天才只是害怕，他的伎俩只是小偷；又因为我们的生活没有深刻的精神的要求，所以我们合群生活的大网子就缺少最吃分量最经用的那几条普遍的同情线，再加之原来的经纬已经到了完全破烂的状态，这网子根本就没有了线结，不受外物侵损时已有溃散的可能，哪里还能在时代的急流里，捞起什么有价值的东西？说也奇怪，这几千年历史的传统精神非但不曾供给我们社会一个巩固的基础，我们现在到了再不容隐讳的时候，谁知道发现我们的桩子，只是在黄河里造桥，打在流沙里的！

难怪悲观主义变成了流行的时髦！但我们年轻人，我们的身体里还有生命跳动，脉管里多少还有鲜血的年轻人，却不应当沾染这最致命的时髦，不应当学那随地躺得下去的猪，不应当学那苟且专家的耗子，现在时候逼迫了，再不容我们霎那的含糊。我们要负我们应负的责任,我们要来补织我们已经破烂的大网子,我们要在我们各个人的生活里抽出人道的同情的纤微来合成强有力的绳索,我们应当发现那适当的象征,像半空里那面大旗似的,引起普遍的注意;我们要修养我们精神的与道德的人格,预备忍受将来最难堪的试验。简单的一句话,我们应当在今天——过了今天就再没有那一天了——宣布我们对于生活基本的态度。是是还是否;是积极还是消极;是生道还是死道;是向上还是堕落?在我们年轻人一个字的答案上就挂着我们全社会的运命的决定。我盼望我至少可以代表大多数青年,在这篇讲演的末尾,高叫一声——用两个有力量的外国字——

"Everlasting yea!"

(载于1924年12月1日《晨报六周年纪念增刊》)

拜伦

荡荡万斛船，影若扬白虹；
自非风动天，莫直大水中。

——杜甫

今天早上，我的书桌上散放着一叠书，我伸手提起一支毛笔蘸饱了墨水正想下笔写的时候，一个朋友走进屋子来，打断了我的思路。"你想做什么？"他说。"还债，"我说，"一辈子只是还不清的债，开销了这一个，那一个又来，像长安街上要饭的一样，你一开头就糟。这一次是为他。"我手点着一本书里Westall画的拜伦像（原本现在伦敦肖像画院）。"为谁，拜伦！"那位朋友的口音里夹杂了一些鄙夷的鼻音。"不仅做文章，还想替他开会哪，"我跟着说。"哼！真有工夫，又是戴东原那一套"——那位先生发议论了——"忙着替死鬼开会演说追悼，哼！我们自己的祖祖宗宗的生忌死忌，春祭秋祭，先就忙不开，还来管姓呆姓摆的山世去世；中国鬼也就够受，还来张罗洋鬼！俄国共产党的爸爸死了，北京也听见悲声，上海广东也听见哀声；书呆子的退伍总统死了,又来一个同声一哭。二百年前的戴东原还不是一个一头黄毛一身奶臭一把鼻涕一把尿的娃娃,与我们什么相干,又用得着我们的正颜厉色开大会做论文!现在真是愈出愈奇了,什么连拜伦也得利益均沾,又不是疯了,你们无事忙的文学先生们!谁是拜伦?一个滥笔头的诗人,一个宗教家说的罪人,一个花花公子,一个贵族。就使追悼会纪念会是现代的时髦,你也得想想受追悼的配不配,也得想想跟你们所谓时代精神合式不合式,拜伦是贵族,你们贵国是一等的民主共和国,哪里有贵族的位置?拜伦又没有发明什么苏维埃,又没有做过世界和平的大梦,更没有用科学方法整理过国故,他只是一个拐腿的纨绔诗人,一百年前也许出过他的风头,现在埋在英国纽斯推德(Newstead)的贵首头都早烂透了,为他也来开纪念会,哼,他配!讲到拜伦的诗你们也许与苏和尚的脾味合得上,看得出好处,这是你们的福气——要我看他的诗也不见得比他的骨头活得了多少。并且小心,拜伦倒是条好汉,他就恨盲目的崇拜,回头你们东抄西袭的忙着做文章想是讨好他,小心他的鬼魂到你梦里来大声的骂你一顿!"

那位先生大发牢骚的时候,我已经抽了半支的烟,眼看着缭绕的氤氲,耐心的挨他的骂,方才想好赞美拜伦的文章也早已变成了烟丝飞散,我呆呆的靠在椅背上出神了——

拜伦是真死了不是?全朽了不是?真没有价值,真不该替他揄扬传布不是？

眼前扯起了一重重的雾幔，灰色的，紫色的，最后呈现了一个惊人的造像，最纯粹，光净的白石雕成了一个人头，供在一架五尺高的檀木几上，放射出异样的光辉，像是阿博洛，给人类光明的大神，凡人从没有这样庄严的"天庭"，这样不可侵犯的眉宇，这样的头颅，但是不，不是阿博洛，他没有那样骄傲的锋芒的大眼，像是阿尔帕斯山南的蓝天，像是威尼斯的落日，无限的高远，无比的壮丽，人间的万花镜的展览反映在他的圆睛中，只是一层鄙夷的薄翳；阿博洛也没有那样美丽的发鬈，像紫葡萄似的一穗穗贴在花岗石的墙边；他也没有那样不可信的口唇，小爱神背上的小弓也比不上他的精致，口角边微露着厌世的表情，像是蛇身上的文彩，你明知是恶毒的，但你不能否认他的艳丽；给我们弦琴与长笛的大神也没有那样圆整的鼻孔，使人们想象他的生命剧烈与伟大，像是大火山的决口……

不，他不是神，他是凡人，比神更可怕更可爱的凡人，他生前在红尘的狂涛中沐浴，洗涤他的遍体的斑点，最后他踏脚在浪花的顶尖，在阳光中呈露他的无瑕的肌肤，他的骄傲，他的力量，他的壮丽，是天上瑳奕司与玖必德的忧愁。

佗是一个美丽的恶魔，一个光荣的叛儿。

一片水晶似的柔波，像一面晶莹的明镜，照出白头的"少女"，闪亮的"黄金笼","快乐的阿翁",此地更没有海潮的啸响,只有草虫的讴歌,醉人的树色与花香,与温柔的水声,小妹子的私语似的,在湖边吞咽。山上有急湍,有冰河,有漫天的松林,有奇伟的石景。瀑布像是疯癫的恋人,在荆棘丛中跳跃,从巉岩上滚坠,在磊石间震碎,激起无量数的珠子,圆的,长的,乳白色的,透明的,阳光斜落在急流的中腰,幻成五彩的虹纹。这急湍的顶上是一座突出的危崖,像一个猛兽的头颅,两旁幽邃的松林,像是一颈的长鬣,一阵阵的瀑雷,像是他的吼声。在这绝壁的边沿站着一个丈夫,一个不凡的男子,怪石一般的峥嵘,朝旭一般的美丽,劲瀑似的桀傲,松林似的忧郁。他站着,交抱着手臂,翻起一双大眼凝视着无极的青天,三个阿尔帕斯的鸷鹰在他的头顶不息的盘旋;水声,松涛的呜咽,牧羊人的笛声,前峰的崩雪声——他凝神的听着。

　　只要一滑足,只要一纵身,他想,这躯壳便崩雪似的坠入深潭,粉碎在美丽的水花中,这些大自然的谐音便是赞美他寂灭的丧钟。他是一个骄子,人间踏烂的蹊径不是为他准备的,也不是从人间的镣链可以锁住他的鸷鸟的翅羽。他曾经丈量过巴南苏斯的群峰,曾经搏斗过海理士彭德海峡的凶涛,曾经在马拉松放歌,曾经在爱琴海边狂啸,曾经践踏过滑铁卢的泥土,这里面埋着一个败灭的帝国。他曾经实现过西撒凯旋时的光荣,丹桂笼住他的发鬈，玫瑰承住他的脚踪；但他也免不了他的滑铁卢，运命是不可测的恐怖，征服的背后隐着侮辱的狞笑，御座的周遭显现了狴犴的幻景；现在他的遍体的斑痕，都是诽毁的箭镞，不更是繁花的装缀，虽则在他的无瑕的体肤上一样的不曾停留些微污损。太阳也有他的淹没的时候，但是谁能忘记他临照时的光焰？

"What is life, what is death, and what are we.
That when the ship sinks, we no longer may be."

虬哪（Juno）发怒了，天变了颜色，湖面也变了颜色。四周的山峰都披上了黑雾的袍服，吐出迅捷的火舌，摇动着，仿佛是相互的示威，雷声像猛兽似的在山坳里咆哮，跳荡，石卵似的雨块，随着风势打击着一湖的粼光，这时候（一八一六年六月十五日）仿佛是爱俪儿（Ariel）的精灵耸身在绞绕的云中，默唪着咒语，眼看着——

Jove's lightnings, the precursors
O' the dreadful thunder-claps……
The　fire, and cracks
Of sulphurous roaring, the most mighty Neptune
Seem'd to besiege, and make his bold waves tremble,
Yea his dread tridents shake.

（Tempest）

在这大风涛中，在湖的东岸，龙河（Rhone）合流的Tempest附近，在小屿与白沫间，漂浮着一只疲乏的小舟，扯烂的布帆，破碎的尾舵，冲当着巨浪的打击，舟子只是着忙的祷告，乘客也失去了镇定，都已脱卸了外衣，准备与涛澜搏斗。这正是卢梭的故乡，这小舟的历险处又恰巧是玖荔亚与圣潘罗（Julia and St.Preux）遇难的名迹。舟中人有一个美貌的少年是不会泅水的，但他却从不介意他自己的骸骨的安全，他那时满心的忧虑，只怕是船翻时连累他的友人为他冒险，因为他的友人是最不怕险恶的，厄难只是他的雄心的刺激，他曾经狎侮爱琴海与地中海的怒涛，何况这有限的梨梦湖中的掀动，他交叉着手，静看着萨福埃（Savoy）的雪峰，在云罅里隐现。这是历史上一个希有的奇逢，在近代革命精神的始祖神感的胜处，在天地震怒的俄倾，载在同一的舟中，一对共患难的，伟大的诗魂，一对美丽的恶魔，一对光荣的叛儿！

他站在梅锁朗奇（Mesolonghi）的滩边（一八二四年一月四至二十二日）。海水在夕阳光里起伏，周遭静瑟瑟的莫有人迹，只有连绵的砂碛，几处卑陋的草屋，古庙宇残圮的遗迹，三两株灰苍色的柱廊，天空飞舞着几只阔翅的海鸥，一片荒凉的暮景。他站在滩边，默想古希腊的荣华，雅典的文章，斯巴达的雄武，晚霞的颜色二千年来不曾消灭，但自由的鬼魂究不曾在海砂上留存些微痕迹……他独自的站着,默想他自己的身世,三十六年的光阴已在时间的灰烬中埋着,爱与憎,得志与屈辱,盛名与怨诅,志愿与罪恶,故乡与知友,威尼市的流水,罗马的古剧场的夜色,阿尔帕斯的白雪,大自然的美景与恚怒,反叛的磨折与尊荣,自由的实现与梦境的消残……他看着海砂上映着的曼长的身形,凉风拂动着他的衣裾——寂寞的天地间一个寂寞的伴侣——他的灵魂中不由的激起了一阵感慨的狂潮,他把手掌埋没了头面。此时日轮已经翳隐,天上星先后的显现,在这美丽的暝色中,流动着诗人的吟声,像是松风,像是海涛,像是蓝奥孔苦痛的呼声,像是海伦娜岛上绝望的吁叹——

This time this heart should be unmoved,

Since others it hath ceased to move;

Yet, though I cannot be beloved,

Still let me love !

My days are in the yellow leaf;

The flowers and fruits of love are gone;

The worm, the canker, and the grief;

Are mine alone !

The fire that on my bosom preys

Is lone as some volcanic isle

No torch is kindled at its blaze—

A   funeral pile !

The hope, the fear, the jealous care,

The exalted portion of the pain

And power of love, I can not share,

But wear the chain.

But it's not thus—and it's not here—

Such thoughts should shake my soul, nor now,

Where glory decks the hero's bier

Or binds his brow.

The sword, the banner, and the field,

Glory and Grace, around me see !

The spartan, born upon his shield,

Was not more free.

Awake ! (not Greece—she is awake !)

Awake, my spirit! Think through whom
The life-blood tracks its parent lake,
And then strike home!

Tread those reviving passions down;
Unworthy manhood! —unto thee
Indifferent should the smile or frown
Of beauty be.

If thou regret'st thy youth, why live;
The land of honorable death
Is here: —up to the field, and give
Away thy breath!

Seek out—less sought than found—
A dier's grave for thee the best;
Then look around, and choose thy ground,
And take thy rest.

年岁已经僵化我的柔心,

我再不能感召他人的同情；
但我虽则不敢想望恋与悯
我不愿无情！

往日已随黄叶枯萎，飘零；
恋情的花与果更不留踪影，
只剩有腐土与虫与怆心，
长伴前途的光阴！

烧不烬的烈焰在我的胸前，
孤独的，像一个喷火的荒岛；
更有谁凭吊，更有谁怜——一堆残骸的焚烧！

希冀，恐惧，灵魂的忧焦
恋爱的灵感与苦痛与蜜甜，
我再不能尝味，再不能自傲——
我投入了监牢！

但此地是古英雄的乡国，
白云中有不朽的灵光，
我不当怨艾，惆怅，为什么

这无端的凄惶?
希腊与荣光,军旗与剑器,
古战场的尘埃,在我的周遭,
古勇士也应慕羡我的际遇,
此地,今朝!

苏醒!不是希腊——她早已惊起!
苏醒,我的灵魂!问谁是你的
血液的泉源,休辜负这时机,
鼓舞你的勇气!

丈夫!休教已往的沾恋,
梦魇似的压迫你的心胸,
美妇人的笑与颦的婉恋,
更不当容宠!

再休眷念你的消失的青年,
此地是健儿殉身的乡土,
听否战场的军鼓,向前。
毁灭你的体肤!

只求一个战士的墓窟,

收束你的生命，你的光阴；
去选择你的归宿的地域，
自此安宁。

他念完了诗句，只觉得遍体的狂热，壅住了呼吸，他就把外衣脱下，走入水中，向着浪头的白沫里耸身一窜，像一只海豹似的，鼓动着鳍脚，在铁青色的水波里泳了出去……
"冲锋。冲锋，跟我来！"

"冲锋，冲锋，跟我来！"这不是早一百年拜伦在希腊梅锁龙奇临死前昏迷时说的话？那时他的热血已经让冷血的医生给放完了，但是他的争自由的旗帜却还是紧紧的擎在他的手里……

再迟八年，一位八十二岁的老翁也在他的解脱前，喊一声，"Mere light！"

"不够光亮！""冲锋，冲锋，跟我来！"

火热的烟灰吊在我的手背上，惊醒了我的出神，我正想开口答复那位朋友的讥讽，谁知道睁眼看时，他早溜了！

（载于1924年4月《小说月报》第2卷第4期，收入《巴黎的鳞爪》）

我的彼得

新近有一天晚上,我在一个地方听音乐,一个不相识的小孩,约莫八九岁光景,过来坐在我的身边,他说的话我不懂,我也不易使他懂我的话,那可并不妨事,因为在几分钟内我们已经是很好的朋友,他拉着我的手,我拉着他的手,一同听台上的音乐。他年纪虽则小,他音乐的兴趣已经很深:他比着手势告我他也有一张提琴,他会拉,并且说那几个是他已经学会的调子,他那资质的敏慧,性情的柔和,体态的秀美,不能使人不爱;而况我本来是欢喜小孩们的。

但那晚虽则结识了一个可爱的小友,我心里却并不快爽;因为不仅见着他使我想起你,我的小彼得,并且在他活泼的神情里我想见了你,彼得,假如你长大的话,与他同年龄的影子。你在时,与他一样,也是爱音乐的;虽则你回去的时候刚满三岁,你爱好音乐的故事,从你襁褓时起,我屡次听你妈与你的"大大"讲,不但是十分的有趣可爱,竟可说是你有天赋的凭证,在你最初开口学话的日了,你妈已经写信给我,说你听着了音乐便异常的快活,说你在坐车里常常伸出你的小手在车栏上跟着音乐按拍;你稍大些懂得淘气的时候,你妈说,只要把话匣开上,你便在旁边乖乖的坐着静听,再也不出声不闹——并且你有的是可惊的口味,是贝多芬是槐格纳你就爱,要是中国的戏片,你便盖没了你的小耳,决意不让无意味的锣鼓,打搅你的清听!你的大大(她多疼你)!讲给我听你得小提琴的故事:怎样那晚上买琴来的时候,你已经在你的小床上睡好,怎样她们为怕你起来闹赶快灭了灯亮把琴放在你的床边。怎样你这小机灵早已看见,却偏不作声,等你妈与大大都上了床,你才偷偷的爬起来摸着了你的宝贝,再也忍不住的你技痒,站在漆黑的床边,就开始你"截桑柴"的本领,后来怎样她们干涉了你,你便乖乖的把琴抱进你的床去,一起安眠,她们又讲你怎样欢喜拿着一根短棍站在桌上摹仿音乐会的导师,你那认真的神情常常叫在座人大笑。此外还有不少趣话,大大记得最清楚,她都讲给我听过;但这几件故事已够见证你小小的灵性里早长着音乐的慧根。实际我与你妈早经同意想叫你长大时留在德国学习音乐;——谁知道在你的早殇里我们不失去了一个可能的莫察特(Mozart):在中国音乐最饥荒的日子,难得见这一点希冀的青芽,又教运命无情的脚根踏倒,想起怎不可伤?

彼得,可爱的小彼得,我"算是"你的父亲,但想起我做父亲的往迹,我心头便涌起了不少的感想;我的话你是永远听不着了,但我想借这悼念你的机会,稍稍疏泄我的积愫,在这不自然的世界上,与我境遇相似或更不如的当不在少数,因此我想说的话或许还有人听,竟许有人同情。就是你妈,彼得,她也何尝有一天接近过快乐与幸福,但她在她同样不幸的境遇中证明她的智断,她的忍耐,尤其是她的勇敢与胆量;所以至少她,我敢相信,可以懂得我话里意味的深浅,也只有她,我敢说,最有资格指证或相诠释,在她的机会时,我的情感的真际。

但我的情愫!是怨,是恨,是忏悔,是怅惘?对着这不完全,不如意的人生,谁没有怨,谁没有恨,谁没有怅惘?除了天生颟顸的,谁不曾在他生命的经途中——歌德说的——和着悲哀吞他的饭,谁不曾拥着半夜的孤衾饮泣?我们应得感谢上苍的是他不可度量的心裁,不但在生物的境界中他创造了不可计数的种类,就这悲哀的人生也是因人差异,各个不同,——同是一个碎心,却没有同样的碎痕,同是一滴眼泪,却难寻同样的泪晶。

彼得我爱,我说过我是你的父亲,但我最后见你的时候你才不满四月,这次我再来欧洲你已经早一个星期回去,我见着的只你的遗像,那太可爱,与你一撮的遗灰,那太可惨。你生前日常把弄的玩具——小车,小马,小鹅,小琴,小书——你妈曾经件件的指给我看,你在时穿着的衣,褂,鞋,帽,你妈与你大大也曾含着眼泪从箱里理出来给我抚摩,同时她们讲你生前的故事,直到你的影像活现在我的眼前,你的脚踪仿佛在楼板上蹿响。你是不认识你父亲的,彼得,虽则我听说他的名字常在你的口边,他的肖像也常受你小口的亲吻,多谢你妈与你大大的慈爱与真挚,她们不仅永远把你放在她们心坎的底里,她们也使我,没福见着你的父亲,知道你,认识你,爱你,也把你的影像,活泼,美慧可爱,永远镂上了我的心版。那天在柏林的会馆里,我手捧着那收存你遗灰的锡瓶,你妈与你七舅站在旁边止不住滴泪,你的大大哽咽着,把一个小花圈挂上你的门前——那时间我,你的父亲,觉着心里有一个尖锐的刺痛,这才初次明白曾经有一点血肉从我自己的生命里分出,这才觉着父性的爱像泉眼似的在性灵里汩汩的流出;只可惜是迟了,这慈爱的甘液不能救活已经萎折了的鲜花,只能在他纪念日的周遭永远无声的流转。

  彼得,我说我要借这机会稍稍爬梳我年来的郁积,但那也不见得容易;要说的话仿佛就在口边。但你要它们的时候,它们又不在口边:像是长在大块岩石底下的嫩草,你得有力量翻起那岩石才能把它不伤损的连根起出——谁知道那根长的多深!是恨,是怨,是忏悔,是怅惘?许是恨,许是怨,许是忏悔,许是怅惘。荆棘刺入了行路人的胫踝,他才知道这路的难走;但为什么有荆棘?是它们自己长着,还是有人存心种着的?也许是你自己种下的?至少你不能完全抱怨荆棘。一则:因为这道是你自愿才来走的;再则因为那刺伤是你自己的脚踏上了荆棘的结果,不是荆棘自动来刺你——但又谁知道？因此我有时想，彼得，像你倒真是聪明：你来时是一团活泼，光亮的天真，你去时也还是一个光亮，活泼的灵魂；你来人间真像是短期的作客，你知道的是慈母的爱，阳光的和暖与花草的美丽，你离开了妈的怀抱，你回到了天父的怀抱，我想他听你欣欣的回报这番作客——只尝甜浆，不吞苦水——的经验，他上年纪的脸上一定满布着笑容——你的小脚踝上不会碰着过无情的荆棘，你穿来的白衣不会沾着一斑的泥污。

但我们，比你住久的，彼得，却不是来作客；我们是遭放逐，无形的解差永远在后背催逼着我们赶道：为什么受罪，前途是哪里，我们始终不曾明白，我们明白的只是底下流血的胫踝，只是这无思的长路，这时候想回头已经太迟，想中止也不可能，我们真的羡慕，彼得，像你那谪期的简净。

在这道上遭受的，彼得，还不止是难，不止是苦，最难堪的是逐步相追的嘲讽，身影似的不可解脱。我既是你的父亲，彼得，比方说，为什么我不能在你的生前，日子虽短，给你应得的慈爱，为什么要到这时候，你已经去了不再回来，我才觉着骨肉的关连，并且假如我这番不到欧洲，假如我在万里外接到你的死耗，我怕我只能看作水面上的云影，来时自来，去时自去；正如你生前我不知欣喜，你在时我不知爱惜，你去时也不能过分动我的情感，我自分不是无情，不是寡恩，为什么我对自身的血肉，反是这般不近情的冷漠？彼得，我问为什么，这问的后身便是无限的隐痛；我不能怨，我不能恨，更无从悔。我只是怅惘，我只能问！明知是自苦的揶揄，但我只能忍受。而况揶揄还不止此，我自身的父母，何尝不赤心的爱我；但他们的爱却正是造成我痛苦的原因。我自己何尝不笃爱我的双亲，但我不仅不能尽我的责任，不仅不曾给他们想望的快乐，我，他们的独子，也不免加添他们的烦愁？造作他们的痛苦，这又是为什么？在这里，我也是一般的不能恨，不能怨，更无从悔，我只是怅惘——我只能问，昨天我是个孩子，今天已是壮年；昨天腮边还带着圆润的笑涡，今天头上已见星星的白发；光阴带走的往迹，再也不容追赎，留下在我们心头的只是些揶揄的鬼影；我们在这道上偶尔停步回想的时候，只能投一个虚圈的"假使当初"，解嘲已往的一切。但已往的教训，即使有，也不能给我们利益，因为前途还是不减启程时的渺茫，我们还是不能选择自由的途径——到那天我们无形的解差喝住的时候，我们唯一的权利，我猜想，也只是再丢一个虚圈更大的"假使"，圆满这全程的寂寞，那就是止境了。

卢梭与幼稚教育

我去年七月初到康华尔（Cornwall 英伦最南一省）去看卢梭夫妇。他们住在离潘让市九英里沿海设无线电台处的一个小村落，望得见"地角"（Land's End）的"壁虎"尖凸出在大西洋里，那是英伦岛最南的一点，康华尔沿海的"红岩"（Red Cliffs）是有名的，但我在那一带见着的却远没有想象中的红岩的壮艳。因为热流故，这沿海一带的气候几乎接近热带性，听说冬天是极难得冷雪的。这地段却颇露荒凉的景象，不比中部的一片平芜，树木也不多，荒草地里只见起伏的巨牛；滨海尤其是硗确的岩地，有地方壁立万仞，下瞰白羽的海岛在汹涌的海涛间出没。卢梭的家，一所浅灰色方形的三层楼屋，有矮墙围着，屋后身凸出一小方的雨廊，两根廊柱是黄漆的，算是纪念中国的意思。——是矗峙在一片荒原的中间，远望去这浅嫩的颜色与呆木的神情，使你想起十八世纪趣剧中的村姑子，发上歇着一只怪鸟似的缎结，手叉着腰，直挺挺的站着发愣。屋子后面是一块草地，一边是门，一边抄过去满种着各色的草花不下二三十种，在一个墙角里他们打算造一爿中国凉亭式的小台，我当时给写了一块好像"听风"

还不知"临风"的匾题,现在想早该造得了。这小小的家园是我们的哲学家教育他的新爱弥儿山的场地。

卢梭那天赶了一个破汽车到潘让市车站上来接我的时候,我差一点不认识他。简直是一个乡下人!一顶草帽子是开花的,褂子是烂的,领带,如其有,是像一根稻草在胸前飘着,鞋,不用说,当然有资格与卓别林的那双拜弟兄!他手里擒着一只深酱色的烟斗,调和他的皮肤的颜色。但他那一双眼,多敏锐,多集中,多光亮——乡下人的外廓掩不住哲学家的灵智!

那天是礼拜,我从"Exeter"下去就只这趟奇慢的车。卢梭先生开口就是警句,他说"萨拜司的休息日是耶教与工团联合会的唯一共同信条"!车到了门前,那边过来一个光着"脚鸭子"手提着浴布的女人,肤色叫太阳晒得比卢梭的紫酱,笑着招呼我,可不是勃兰克女士,现在卢梭夫人,我怎么也认不出来,要是她不笑不开口。进门去他们给介绍他们的一对小宝贝,大的是男,四岁,有个中国名字叫金铃,小的是女,叫恺弟。我问他们为什么到这极南地方来做隐士,卢梭说一来为要静心写书,二来(这是更重要的理由)为顾管他们两小孩子的德育(to look after the moral education of our kids)。

我在他们家住了两晚。听卢梭谈话正比是看德国烟火,种种眩目的神奇,不可思议的在半空里爆发,一胎孕一胎的,一彩绾一彩的,不由你不讶异,不由你不欢喜。但我不来追记他的谈话,那困难就比是想描写空中的银花火树;我此时想起的就只我当时眼见的所谓"看顾孩子们的德育"的一斑。

这讲过了,下回再讲他新出论教育的书——

On Education! Especially in Early Childhood, By Bertrand Russell, Published: London, George Allen and Unwin.

金铃与恺弟有他们的保姆,有他们的奶房(Nursery)白天他们爹妈工作的时候保姆领着他们。每餐后他们照例到屋背后草地上玩,骑木马,弄熊,看花,跑,这时候他们的爹妈总来参加他们的游戏。有人说大人物都是有孩子气的,这话许有一部分近情。有一次我在威尔思家看他跟他的两个孩子在一间"仓间"里打"行军球"玩,他那高兴真使人看了诧异,简直是一个孩子——跑,踢,抢,争,笑,嚷,算输赢,一双晶亮的小蓝眼珠里活跃着不可抑遏的快活,满脸红红的亮着汗光,气呼呼的一点也不放过,正如一个活泼的孩子,谁想到他是年近六十"在英语国里最伟大的一个智力"(法郎士评语)的一个作者!卢梭也是的,虽则他没有威尔斯那样彻底的忘形,也许是为他孩子还太小不够合伙玩的缘故。这身体上(不止思想——与心情上)不失童真,在我看是西方文化成功的一个大秘密;回想我们十六字联"蟠蟠老成,尸居余气;翩翩年少,弱不禁风"的汉族,不由得脊骨里不打寒噤。

我们全站在草地上。卢梭对大孩子说,来,我们练习。他手抓住了一双小手,口唱着"我们到桑园里去,我们到桑园里去"那个儿歌,提空了小身子一高一低的打旋。同时恺弟那不满三岁的就去找妈给她一个同哥哥一样。再来就骑马。爸爸做马头,妈妈做马尾巴,两孩夹在中间做马身子,得儿儿跑,得儿儿跑,绕着草地跑,跑个气喘才住。有一次兄妹俩抢骑木马,闹了,爸爸过去说约翰(男的名)你先来,来过了让妹妹,恺弟就一边站着等轮着她。但约翰来过了还不肯让恺弟要哭了,爸妈吩咐他也不听,这回老哲学家恼了,一把拿他合扑着抱了起来往屋子里跑,约翰就哭,听他们上楼去了。但等不到五分钟,父子俩携着手笑吟吟走了出来,再也不闹了。

妈叫约翰领徐先生看花去,这真太可爱了,园里花不止三十种,惭愧我这老大认不到三种,四岁的约翰却没一样不知名,并且很多种还是他小手亲自栽的,看着他最爱的他就蹲下去摸摸亲亲,他还知道各种花开的迟早,哪几样蝴蝶们顶喜欢,哪几样开顶茂盛,他全知道,他得意极了。恺弟虽则走路还勉强,她也来学样,轻轻的摸摸嗅嗅,那神气太好玩了。

吃茶的时候孩子们也下来。约翰捧了一本大书来,那是他的,给客人看。书里是各地不同的火车头,他每样讲给我听;这绿的是南非洲从哪里到哪里的,这长的是加拿大那里的,这黄的是伦敦带我们到潘让市来的,到哪一站换车,这是过西伯利亚到中国去的,爸爸妈妈顶喜欢的中国,约翰大起来一定得去看长城吃大鸭子;这是横穿美洲过落基山的,过多少山洞,顶长的有多长——喔,约翰全知道,一看就认识!卢梭说他不仅认识知道火车,他还知道轮船,他认好几十个大轮船,知道它们走的航线,从哪里到哪里——他的地理知识早就超过他保姆的,这学全是诱着他好奇的本能,渐渐由他自己一道一道摸出来的;现在你可以问他从伦敦到上海,或是由西特尼到利物浦,或是更复杂的航路,他都可以从地图上指给你看,过什么地方,有什么好东西看好东西吃,他全知道!

但最使我受深印的是这一件事。卢梭告诉我他们早到时,约翰还不满三岁,他们到海里去洗澡,他还是初次见海,他觉得怕,要他进水去他哭,这来我们的哲学家发恼了:"什么,卢梭的儿子可以怕什么的!可以见什么觉得胆怯的!那不成!"

他们夫妻俩简直把不满三岁的儿子,不管他哭闹,一把撅进了海里去,来了一回再来,尽他哭!好,过了三五天,你不叫他进水去玩他都不依,一定要去了!现在他进海水去就比在平地上走一样的不以为奇了。东方做父母的一定不能下这样手段不是?我也懂得,但勇敢,胆力,无畏的精神,是一切德性的起源,品格的基础,这地方决不可含糊;别的都还可以,懦怯,怕,最不成的,这一关你不趁早替他打破,他竟许会害了他一辈子的。卢梭每回说勇敢(Gourage)这字时,他声音来得特别的沉着,他眼里光异样的闪亮,竟仿佛这是他的宗教的第一个信条,做人唯一的凭证!

我们谁没有做过小孩子?我们常听说孩子时代是人生最乐的时光。孩子是一片天真没有烦恼,没有忧虑,一天只道玩,肢体是灵活的,精神是活泼的。有父母的孩子尤其是享福,谁家父母不疼爱孩子,家里添了一个男的,屋子里顶奥僻的基角都会叫喜气的光彩给照亮了的。谁不想回去再过一道甜蜜的孩子生活,在妈的软兜里窝里,向爹要果子糖吃,晚上睡的时候有人替你换衣服,低低的唱着歌哄你闭上眼,做你甜蜜的小梦去?年岁是烦恼,年岁是苦恼,年岁是懊恼:咒它的,为什么亮亮的童心一定得叫人事的知识给涂黯了的?我们要老是那七八十来岁,永远不长成,永远有爹娘疼着我们;比如那林子里的莺儿,永远在欢欣的歌声中自醉,永远不知道:

The weariness, the fever, and the fret here, where men sit and hear each other groan……

那够多美!

这是我们理想中的孩子时代,我们每回觉得吃不住生活的负担时往往惆怅光阴太匆匆的卷走了我们那一段最耐寻味的痕迹。但我们不要太受诗人们的催眠了,既然过去的已经是过去;我们知道有意识的人生自有它的尊严,我们经受的烦恼与痛苦,只要我们能受得住不叫它们压倒,也自有它们的意义与价值;过分耽想做孩子时轻易的日子,只是泄漏你对人生欠缺认识,犹之过分伤悼老年同是一种知识上的浅陋,不,我们得把人生看成一个整的;正如树木有根有干有枝叶有花果,完全的一生当然得具备童年与壮年与老年三个时期;童年是播种与栽培期,壮年是开花成荫期,老年是结果收成期,童年期的重要,正在它是一个伟大的未来工作的预备,这部工夫做不认真不透彻时将来的花果就得代付这笔价钱——

The child is father of the man.

真的我们很少自省到我们的缺陷,意志缺乏坚定,身体与心智不够健全,种种习惯的障碍使我们随时不自觉的走上堕落的方向,这里面有多少情形是可以追源到我们当初栽培与营养时期的忽略与过失。根心里的病伤难治;在弁髦时代种下的斑点,可以到斑白的毛发上去寻痕迹,在这里因果的铁律是丝毫不松放的。并且我们说的孩子时期还不单指早年时狭义的教育,实际上一个人品格的养成是在六岁以前,不是以后;这里说的孩子期可以说是从在娘胎时起到学龄期止的径程——别看那初出娘胎黄毛吐沫的小团团正如小猫小狗似的不懂事，它们官感开始活动的时辰，就是它来人生这学校上学的凭证。

不，胎教家还得进一步主张做父母的在怀胎期内就该开始检点他们自身的作为，开始担负他们养育的责任。这道理是对的；正如在地面上仅透乃至未透一点青芽的花木，不自主的感受风露的影响，禀承父母气血的胎儿，当然也同样可以吸收他们思想与行为的气息，不论怎样的微细。

但孩子他自己是无能力的，这责任当然完全落在做父母的与其他管理人的身上。但我们一方面看了现代没有具备做父母资格的男女们尽自机械性的活动着他们生产的本能，没遮拦的替社会增加废物乃至毒性物的负担，无顾恋的糟蹋血肉与灵性——我们不能不觉着怕惧与忧心；再一方面我们又见着应分有资格的父母们因为缺乏相当的知识或是缺乏打破不良习惯的勇气，不替他们的儿女准备下适当环境，不给他们适当的营养，结果上好的材料至少不免遭受部分的残废——我们又不能不觉着可惜与可怜。因为养育儿女，就算单顾身体一事，仅仅凭一点本能的爱心还是不够的；要期望一个完全的儿童，我们得先假定一双完全的父母，身体、知识、思想，一般的重要。人类因为文明的结果，就这躯体的组织也比一切生物更复杂，更柔纤，更不易培养；他那受病的机会以及病的种类也比别的动物差得远了。因此在猫、狗、牛、马是一个不成问题的现象,在今日的人类就变了最费周章的问题了。

带一个生灵到世界上来,养育一个孩子成人,做父母的责任够多重大;但实际上做父母的——尤其是我们中国人——够多糊涂!中国民族是叫"不孝有三,无后为大"一句话给咒定了的:"生儿子"是人生第一件大事情,多少的罪恶,什么丑恶的家庭现象,都是从这上头发生出来的。影响到个人,影响到社会,同样的不健康。摘下来的果子,比方说,全是这半青不熟的,毛刺刺的一张皮包着松松的一个核,上口是一味苦涩,做酱都嫌单薄,难怪结果是十六字的大联"蟠蟠老成,尸居余气;翩翩年少,弱不禁风",尤其是所谓"士"的阶级,那应分是社会的核心,最受儒家"孝"说的流毒,一代促一代的酿成世界上唯一的弱种;谁说今日中国社会发生病态与离心涣散的现象(原先闭关时代,不与外族竞争,所以病象不能自见,虽则这病根已有几千年的老),不能归咎到我们最荒谬的"唯生男主义"?先天所以是弱定了的,后天又没有补救的力量;中国人管孩子还不是绝无知识绝对迷信固执恶习的老妈子们的专门任务?管孩子是阃以内的事情,丈夫们管不着,除了出名请三朝满月周岁或是孩子死了出名报丧!家庭又是我们民族恶劣根性的结晶,比牢狱还来得惨酷,黑暗,比猪圈还来得不讲卫生;但这是我们小安琪们命定长成的环境,什么奇才异禀敌得过这重重"反生命"的势力？这情形想起都叫人发抖，我不是说我们的父母就没有人性，不爱惜他们子女；不，实际上我们是爱得太过了。但不幸天下事情单凭原始的感情是万万不够的，何况中国人所谓爱儿子的爱的背后还耽着一个不可说的最自私的动机——"传种"：有了儿子盼孙子，有了孙子望曾孙，管他是生疮生癣，做贼做强盗，只要到年纪娶媳妇传种就得！生育与繁殖固然是造物的旨意，但人类的尊严就在能用心的力量超出自然法的范围，另创一种别的生物所不能的生活概念，像我们这样原始性的人生观不是太挖苦了吗？就为我们生子女的唯一目标是为替祖先传命脉，所以儿童本身的利益是绝对没有地位的。喔，我知道你要驳说中国人家何尝不想栽培子弟，要他有出息，"有出息"，是的！旧的人家想子弟做官发财。新的人家想子弟发财做官（现在因为欠薪的悲惨做父母的渐渐觉得做官是乏味的，除了做兵官，那是一种新的行业）动机还不是一样为要满足老朽们的虚荣与实惠，有几家父母曾经替子弟们自身做人的使命（非功利的）费一半分钟的考量踌躇？再没有一种反嘲（爱伦内）能比说"中国是精神文明"来得更恶毒，更鲜艳，更深刻！我们现在有人已经学会了嘲笑英国维多利亚时代所代表的理想与习俗。呔，这也是爱伦内；我们的开化程度正还远不如那所谓"菲力士挺"哪！我们从这近几十年来的经验，至少得了一个教训，就是新的绝对不能与旧的妥协,正如科学不能妥协迷信,真理不能妥协错误。我们革新的工作得从根底做起;一切的价值得重新估定,生活的基本观念得重新确定,一切教育的方针得按照前者重新筹划——否则我们的民族就没有更新的希望。

是的,希望就在教育。但教育是一个最泛的泛词,重要的核心就在教育的目标是什么。古代斯巴达奖励儿童做贼,为的是要造成做间谍的技巧;中世纪的教育是为训练教会的奴隶;近代帝国主义的教育是为侵略弱小民族;中国人旧式的教育是为维持懒惰的生活。但西方的教育,虽则自有它的错误与荒谬情形,但它对于人的个性总还有相当的尊敬与计算,这是不容否认的。所以我们当前第一个观念得确定的是人是个人,他对他自身的生命负有直接的责任;人的生命不是一种工具,可以供当权阶级任意的利用与支配。教育的问题是在怎样帮助一个受教育人合理的做人。在这里我们得假定几个重要的前提:(一)人是可以为善的;(二)合理的生活是可能的;(三)教育是有造成品格的力量。我在这篇里说的教育几乎是限于养成品格一义,因为灌输智识只是极狭义的教育并且是一个实际问题,比较的明显简单。近代关于人生科学的进步,给了我们在教育上很多的发现与启示,一点是使我们对于儿童教育特别注意,因为品格的养成期最重要的是在孩子出娘胎到学龄年的期间。在人类的智力还不能实现"优生"的理想以前，我们只能尽我们教育的能力引导孩子们逼近准备"理想人"的方向走去。这才真是革命的工作——革除人类已成乃至防范未成的恶劣根性，指望实现一个合理的群体生活的将来。手把着革命权威的不是散传单的学生，不是有枪弹的大兵，也不是讲道的牧师或讲学的教师；他们是有子女的父母，在孩子们学语学步吃奶玩耍最关紧要的日常生活间，我们期望真正革命工作的活动！

关于这革命工作的性质、原则，以及实行的方法，卢梭在他新出《论教育》的书里给了我们极大的光亮与希望。那本书听说陈宝锷先生已经着手翻译，那是一个极好的消息，我们盼望那书得到最大可能的宣传，真爱子女的父母们都应得接近那书里的智慧，因为在适当的儿童教育里隐有改造社会最不可错误的消息。我下次也许再续写一篇，略述卢梭那本书的大意与我自己的感想。

（载于1926年5月10日/12日《晨报副刊》）

家德

家德住我们家已有十多年了。他初来的时候嘴上光光的还算是个壮夫,头上不见一茎白毛,挑着重担到车站去不觉得乏。逢着什么吃重的工作他总是说"我来!"他实在是来得的。现在可不同了。谁问他"家德,你怎么了,头发都白了?"他就回答"人总要老的,我今年五十八,头发不白几时白?"他不但发白,他上唇疏朗朗的两披八字胡也见花了。

他算是我们家的"做生活",但他,据我娘说,除了吃饭住,却不拿工钱。不是我们家不给他,是他自己不要。打头儿就不要。"我就要吃饭住,"他说,我记得有一两回我因为他替我挑行李上车站给他钱,他就瞪大了眼说,"给我钱做什么?"我以为他嫌少,拿几毛换一块圆钱再给他,可是他还是"给我钱做什么?"更高声的抗议。你再说也是白费,因为他有他的理性。吃谁家的饭就该为谁家做事,给我钱做什么?

但他并不是主义的不收钱。镇上别人家有丧事喜事来叫他去帮忙的做完了有赏封什么给他,他受。"我今天又'摸了'钱了,"他一回家就欣欣的报告他的伙伴。他另有一种能耐,几乎是专门的，那叫做"赞神歌"。谁家许了愿请神，就非得他去使开了他那不是不圆润的粗嗓子唱一种有节奏有顿挫的诗句赞美各种神道。奎星、纯阳祖师、关帝、梨山老母，都得他来赞美。小孩儿时候我们最爱看请神，一来热闹，厅上摆得花绿绿点得亮亮的，二来可以借口到深夜不回房去睡，三来可以听家德的神歌。乐器停了他唱，唱完乐又作。他唱什么听不清，分得清的只"浪溜圆"三个字，因为他几乎每开口必有浪溜圆。他那唱的音调就像是在厅的顶梁上绕着，又像是暖天细雨似的在你身上匀匀的洒，反正听着心里就觉得舒服，心一舒服小眼就闭上，这样极容易在妈或是阿妈的身上靠着甜甜的睡了。到明天在床里醒过来时耳边还绕着家德那圆圆的甜甜的浪溜圆。家德唱了神歌想来一定到手钱，这他也不辞，但他更看重的是他应分到手的一块祭肉。肉太肥或太瘦都不能使他满意："肉总得像一块肉，"他说。

"家德，唱一点神歌听听，"我们在家时常常央着他唱，但他总是板着脸回说"神歌是唱给神听的，"虽则他有时心里一高兴或是低着头做什么手工他口里往往低声在那里浪溜他的圆。听说他近几年来不唱了。他推说忘了，但他实在以为自己嗓子干了，唱起来不能原先那样圆转如意所以决意不再去神前献丑了。

他在我家实在也做不少的事。每天天一亮他就从他的破烂被窝里爬起身。一重重的门是归他开的，晚上也是他关的时候多。

有时老妈子不凑手他是帮着煮粥烧饭。挑行李是他的事，送礼是他的事，劈柴是他的事。最近因为父亲常自己烧檀香，他就少劈柴，多劈檀香。我时常见跨坐在一条长凳上戴着一副白铜边老花眼镜伛着背细细的劈。"你的镜子多少钱买的，家德？""两只角子，"他头也不抬的说。

我们家后面那个"花园"也是他管的。蔬菜，各样的，是他种的。每天浇，摘去焦枯叶子，厨房要用时采，都是他的事。花也是他种的，有月季，有山茶，有玫瑰，有红梅与腊梅，有美人蕉，有桃，有李，有不开花的兰，有葵花，有蟹爪菊，有可以染指甲的凤仙，有比鸡冠大到好几倍的鸡冠。关于每一种花他都有不少话讲：花的脾，花的胃，花的颜色，花的这样那样。梅花有单瓣双瓣，兰有荤心素心，山茶有家有野，这些简单，但在小孩儿时听来有趣的知识，都是他教给我们的。他是博学得可佩服。他不仅能看书能写，还能讲书，讲得比学堂里先生上课时讲的有趣味得多。我们最喜欢他讲《岳传》里的岳老爷。岳老爷出世，岳老爷归天，东窗事发，莫须有三字构成冤狱，岳雷上坟，朱仙镇八大锤——唷，那热闹就不用提了。他讲得我们笑，他讲得我们哭，他讲得我们着急，但他再不能讲得使我们瞌睡，那是学堂里所有的先生们比他强的地方。

也不知是谁给他传的，我们都相信家德曾经在乡村里教过书。

也许是实有的事,像他那样的学问在乡里还不是数一数二的。可是他自己不认。我新近又问他,他还是不认。我问他当初念些什么书。他回一句话使我吃惊。他说我念的书是你们念不到的。那更得请教,长长见识也好。他不说念书,他说读书。他当初读的是百家姓,千字文,神童诗,——还有呢?还有酒书。什么?"酒书,"他说,什么叫酒书?酒书你不知道,他仰头笑着说,酒书是教人吃酒的书。真的有这样一部书吗?他不骗人,但教师他可从不曾做过。他现在口授人念经。他会念不少的经,从《心经》到《金刚经》全部,背得溜熟的。

他学念佛念经是新近的事。早三年他病了,发寒热。他一天对人说怕好不了,身子像是在大海里浮着,脑袋也发散得没有个边,他说。他死一点也不愁,不说怕。家里就有一个老娘,他不放心,此外妻子他都不在意。一个人总要死的,他说。他果然昏晕了一阵子,他床前站着三四个他的伙伴。他苏醒时自己说,"就可惜这一生一世没有念过佛,吃过斋,想来只可等待来世的了。"说完这话他又闭上了眼仿佛是隐隐念着佛。事后他自以为这一句话救了他的命,因为他竟然又好起了。从此起他就吃上了净素,开始念经,现在他早晚都得做他的功课。

我不说他到我们家有十几年了吗,原先他在一个小学校里做当差。我做学生的时候他已经在。他的一个同事我也记得,叫矮子小二,矮得出奇,而且天生是一个小二的嘴脸。家德是校长先生用他进去的。他初起工钱每月八百文。后来每年按加二百文,一直加到二千文的正薪,那不算少。矮子小二想来没有读过什么酒书,但他可爱喝一杯两杯的,不比家德读了酒书倒反而不喝。小二喝醉了回校不发脾气就倒上床,他的一份事就得家德兼做。后来矮子小二因为偷了学校的用品到外边去换钱使发觉了被斥退。家德不久也离开学校,但他是为另一种理由。他的是自动辞职,因为用他进去的校长不做校长了,所以他也不愿再做下去。有一天他托一个乡绅到我们家来说要到我们家住,也不说别的话。从那时起家德就长住我们家了。

他自己乡里有家。有一个娘,有一个妻,有三个儿子,好的两个死了,剩下一个是不好的。他对妻的感情,按我妈对我说,是极坏。但早先他过一时还得回家去,不是为妻,是为娘,也为娘他不能不对他妻多少耐着性子。但是谢谢天,现在他不用再耐,因为他娘已经死了。他再也不回家去,积了一些钱也不再往家寄。妻不成材,儿子也没有淘成,他养家已有三十多年,儿子也近三十,该得担当家,他现在不管也没有什么亏心的了。他恨他妻多半是为她不孝顺他的娘,这最使他痛心。他妻有时到镇上来看他问他要钱,他一见她的影子都觉得头痛,她一到他就跑,她说话他做哑巴,她闹他到庭心里去伏在地下劈柴。有一回他接他娘出来看迎灯,让她睡他自己的床,盖他自己的棉被,他自己在灶边铺些稻柴不脱衣服睡。下一天他妻也赶来了,从厨房的门缝里张见他开着笑口用筷捡一块肥肉给他脱尽了牙翘着个下巴的老娘吃。她就在门外大声哭闹。他过去拿门给堵上了,捡更肥的肉给娘,更高声的说他的笑话,逗他娘和厨下别人的乐。晚上他妻上楼见他娘睡家德自己的床,盖他自己的被,回下来又和他哭闹——他从后门往外跑了。

他一见他娘就开口笑说话没有一句不逗人乐。他娘见他乐也乐,翘着一个干瘪下巴眯着一双皱皮眼不住的笑,厨房里顿时添了无穷的生趣。晚上在门口看灯,家德忙着招呼他娘,端着一条长凳或是一只方板凳,半抱着她站上去,连声的问看得见了不,自己躲在后背双手扶着她防她闪,看完了灯他拿一只碗到巷口去买一碗大肉面汤一两烧酒给他娘吃,吃完了送她上楼睡去。"又要你用钱,家德,"他娘说。"喔,这算什么,我有的是钱!"家德就对他妈背他最近的进益,黄家的丧事到手三百六;李家的喜事到手五角小洋,还有这样那样的,尽他娘用都用不完,这一点点算什么的!

家德的娘来了,是一件大新闻。家德自己起劲不必说,我们上下一家子都觉得高兴。谁都爱看家德跟他娘在一起的神情,谁都爱听他母子俩甜甜的谈话。又有趣,又使人感动。那位乡下老太太,穿紫绵绸衫梳元宝髻的,看着他那头发已经斑白的儿子心里不知有多么得意。就算家德做了皇帝,她也不能更开心。"家德!"她时常尖声的叫,但等得家德赶忙回过头问"娘,要啥,"她又就只眯着一以皱皮眼甜甜的笑,再没有话说。她也许是忘了她想着要说的话,也许她就爱那么叫她儿子一声,这来屋子里人就笑家德也笑,她也笑,家德在他娘的跟前,拖着早过半百的年岁,身体活灵得像一只小松鼠,忙着为她张罗这样那样的,口齿伶俐得像一只小八哥,娘长娘短的叫个不住。如果家德是个皇帝,世界上决没有第二个皇太后有他娘那样的好福气。这是家德的伙伴们的思想。看看家德跟他娘,我妈比方一句有诗意的话,就比是到山楼上去看太阳——满眼都是亮。看看家德跟他娘,一个老妈子说,我总是出眼泪,我从来不知道做人会得这样的有意思。家德的娘一定是几世前修得来的。有一回家德脚上发流火,走路一颠一颠的不方便,但一走到他娘的跟前,他立即忍了痛僵直了身子放着腿走路,就像没有病一样。家德今年胡须也白了,他对娘说,"人老的好,须白的好;娘你是越老越清,我是胡须越白越健。"他这一插科他娘就忘了年岁忘了愁。

他娘已在两年前死了。寿衣,有绸有缎的,都是家德早在镇上替她预备好了的。老太太进棺材还带了一支重足八钱的金押发去,这当然也是家德孝敬的。他自从娘死过,再也不回家,他妻出来他也永不理睬她。他现在吃素、念经,每天每晚都念——也是念给他娘的。他一辈子难得花一个闲钱,就有一次因为妻儿的不贤良他太伤心了,他一气就"看开"了。他竟然连着有三五天上茶店,另买烧饼当点心吃,一共花了足足有五百钱光景,此外再没有荒唐过。前几天他上楼去见我妈,手筒着手,兴冲冲的说,"太太,我要到乡下去一趟。""好的。"我妈说,"你有两年多不回去了。""我积下了一百多块钱,我要去看一块地葬我娘去。"他说。

自剖

我是个好动的人；每回我身体行动的时候，我的思想也仿佛就跟着跳荡。我做的诗，不论它们是怎样的"无聊"，有不少是在旅行期中想起的，我爱动，爱看动的事物，爱活泼的人，爱水，爱空中的飞鸟，爱车窗外掣过的田野山水。星光的闪动，草叶上露珠的颤动，花须在微风中的摇动，雷雨时云空的变动，大海中波涛的汹涌，都是在触动我感兴的情景。是动，不论是什么性质，就是我的兴趣，我的灵感。是动就会催快我的呼吸，加添我的生命。

近来却大大的变样了。第一我自身的肢体，已不如原先灵活；我的心也同样的感受了不知是年岁还是什么拘执。动的现象再不能给我欢喜，给我启示。先前我看着在阳光中闪烁的金波，就仿佛看见神仙宫阙——什么荒诞美丽的幻觉不在我的脑中一闪闪的掠过；现在不同了，阳光只是阳光，流波只是流波，任凭景色怎样的灿烂，再也照不化我的呆木的心灵。我的思想，如其偶尔有，也只似岩上的藤萝，贴着枯干的粗糙的石面，极困难的蜒着；颜色是苍黑的，姿态是倔强的。

我自己也不懂得何以这变迁来得这样的兀突，这样的深彻。原先我在人前自觉竟是一注的流泉，时时有飞沫，时时有闪光；现在这泉眼，如其还在，仿佛是叫一块石板不留余隙的给镇住了。我再没有先前那样蓬勃的情趣，每回我想说话的时候，就觉着那石块的重压，怎么也掀不动，怎么也推不开，结果只能自安沉默！"你再不用想什么了，你再没有什么可想的了；""你不用开口了，你再没有什么话可说的了。"我常觉得我沉闷的心府里有这样半嘲讽半吊唁的谆嘱。

说来我思想上或经验上也并不曾经受什么过分剧烈的戟刺。我处境是向来顺的，现在，如其有不同，只是更顺了的。那么为什么这变迁？远的不说，就比如我年前到欧洲去时的心境：啊！我那时还不是一只初长毛角的野鹿？什么颜色不激动我的视觉，什么香味不奋兴我的嗅觉？我记得我在意大利写游记的时候，情绪是何等的活泼，兴趣可等的醇厚，一路来眼见耳听心感的种种，哪一样不活栩栩的丛集在我的笔端，争求充分的表现！如今呢？我这次到南方去，来回也有一个多月的光景，这期内眼见耳听心感的事该有不少。我未动身前，又何尝不自喜此去又可以有机会饱餐西湖的风色，邓尉的梅香——单提一两件最合我脾胃的事，有好多朋友也曾期望我在这闲暇的假期中采集一点江南风趣，归来时，至少也该带回一两篇爽口的诗文，给在北京泥土的空气中活命的朋友们一些清醒的消遣。但在事实上不但在南中时我白瞪着大眼,看天亮换天昏,又闭上了眼,拼天昏换天亮,一支秃笔跟着我涉海去,又跟着我涉海回来,正如岩洞里的一根石笋,压根儿就没一点摇动的消息;就在我回京后这十来天,任凭朋友们怎样的催促,自己良心怎样的责备,我的笔尖上还是滴不出一点墨汁来。我也曾勉强想想,勉强想写,但到底还是白费!可怕是这心灵骤然的呆钝。完全死了不成?我自己在疑惑。

说来是时局也许有关系。我到京几天就逢着空前的血案。五卅事件发生时我正在意大利山中,采茉莉花编花篮儿玩,翡冷翠山中只见明星与流萤的交唤。花香与山色的温存,俗氛是吹不到的。直到七月间到了伦敦我才理会国内风光的惨淡,等到我赶回来时,设想中的激昂,又早变成了明日黄花看得见的痕迹只有满城黄墙上墨彩斑斓的"泣告"!

这回却不同,屠杀的事实不仅是在我住的城子里发现,我有时竟觉得是我自己的灵府里的一个惨象。杀死的不仅是青年们的生命,我自己的思想也仿佛遭着了致命的打击,比是国务院前的断头残肢,再也不能回复生动与连贯。但深刻的难受在我是无名的,是不能完全解释的。这回事变的奇惨性引起愤慨与悲切是一件事,但同时我们也知道在这根本起变态作用的社会里,什么怪诞的情形都是可能的。屠杀无辜,还不是年来最平常的现象。

自从内战纠结以来,在受战祸的区域内,哪一处村落不曾分到过遭奸污的女性,屠残的骨肉,供牺牲的生命财产?这无非是给冤氛团结的地面上多添一团更集中更鲜艳的怨毒。再说哪一个民族的解放史能不浓浓的染着 Martyrs① 的腔血?俄国革命的开幕就是二十年前冬宫的血景,只要我们有识力认定,有胆量实行,我们理想中的革命,这回羔羊的血就不会是白涂的。所以我个人的沉闷决不完全是这回惨案引起的感情作用。

爱和平是我的生性。在怨毒、猜忌、残杀的空气中,我的神经每每感受一种不可名状的压迫。记得前年奉直战争时我过的那日子简直是一团黑漆,每晚更深时,独自抱着脑壳伏在书桌上受罪,仿佛整个时代的沉闷盖在我的头顶——直到写下了《毒药》那几首不成形的咒诅诗以后,我心头的紧张才渐渐的缓和下去。这回又有同样的情形;只觉着烦,只觉着闷,感想来时只是破碎,笔头只是笨滞。结果身体也不舒畅,像是蜡油涂抹了全身毛窍似的难过,一天过去了又是一天,我这里又在重演更深独坐箍紧脑壳的姿势,窗外皎洁的月光,分明是在嘲讽我内心的枯窘!

不,我还得往更深处挖。我不能叫这时局来替我思想骤然的

---

① Martyrs:译为殉道者。

呆钝负责，我得往我自己生活的底里找去。

平常有几种原因可以影响我们的心灵活动。实际生活的牵制可以划去我们心灵所需要的闲暇，积成一种压迫。在某种热烈的想望不曾得满足时，我们感觉精神上的闷与焦躁，失望更是颠覆内心平衡的一个大原因；较剧烈的种类可以麻痹我们的灵智，淹没我们的理性。但这些都合不上我的病源；因为我在实际生活里已经得到十分的幸运。我的潜在意识里，我敢说不该有什么压着的欲望在作怪。

但是在实际上反过来看另有一种情形可以阻塞或是减少你心灵的活动。我们知道舒服、健康、幸福，是人生的目标，我们因此推想我们痛苦的起点是在望见那些目标而得不到的时候。我们常听人说"假如我像某人那样生活无忧我一定可以好好的做事，不比现在整天的精神全化在琐碎的烦恼上"。我们又听说"我不能做事就为身体太坏，若是精神来得，那就……"我们又常常设想幸福的境界，我们想"只要有一个意中人在跟前那我一定奋发，什么事做不到"！但是不，在事实上，舒服、健康、幸福，不但不一定是帮助或奖励心灵生活的条件，它们有时正得相反的效果。我们看不起有钱人，在社会上得意的人，肌肉过分发达的运动家，也正在此；至于年少人幻想中的美满幸福，我敢说等得当真有了红袖添香，你的书也就读不出所以然来，且不说什么在学问上或艺术上更认真的工作。

那么生活的满足是我的病源吗？

"在先前的日子，"一个真知我的朋友，就说，"正为是你生活不得平衡，正为你有欲望不得满足，你的压在内里的 Libido① 就形成一种升华的现象，结果你就借文学来发泄你生理上的郁结（你不常说你从事文学是一件不预期的事吗？）这情形又容易使你的意识里形成一种虚幻的希望，因为你的写作得到一部分赞许，你就自以为确有相当创作的天赋以及独立思想的能力。但你只是自冤自，实在你并没有什么超人一等的天赋，你的设想多半是虚荣，你的以前的成绩只是升华的结果。所以现在等得你生活换了样，感情上有了安顿，你就发现你向来写作的来源顿呈萎缩甚至枯竭的现象；而你又不愿意承认这情形的实在，妄想到你身子以外去找你思想枯窘的原因，所以你就不由的感到深刻的烦闷。你只是对你自己生气，不甘心承认你自己的本相。不，你原来并没有三头六臂的！

"你对文艺并没有真兴趣，对学问并没有真热心。你本来没有什么更高的志愿，除了相当合理的生活，你只配安分做一个平常人，享你命里注定的'幸福'；在事业界，在文艺创作界，在

---

① Libido：译为力比多，是弗洛伊德所创的心理学分析用语。

学问界内，全没有你的位置，你真的没有那能耐。不信你只要自问在你心里的心里有没有那无形的'推力'，整天整夜的恼着你，逼着你，督着你，放开实际生活的全部，单望着不可捉摸的创作境界里去冒险？是的，顶明显的关键就是那无形的推力或是冲动（The Impulse），没有它人类就没有科学，没有文学，没有艺术，没有一切超越功利实用性质的创作。你知道在国外（国内当然也有，许没那样多）有多少人被这无形的推力驱使着，在实际生活上变成一种离魂病性质的变态动物，不但人间所有的虚荣永远沾不上他们的思想，就连维持生命的睡眠饮食，在他们都失了重要，他们全部的心力只是在他们那无形的推力所指示的特殊方向上集中应用。怪不得有人说天才是疯癫；我们在巴黎伦敦不就到处碰得着这类怪人？如其他是一个美术家，恼着他的就只怎样可以完全表现他那理想中的形体；一个线条的准确，某种色彩的调谐，在他会得比他生身父母的生死与国家的存亡更重要，更迫切，更要求注意，我们知道专门学者有终身掘坟墓的，研究蚊虫生理的，观察亿万万里外一个星动定的。并且他们决不问社会对于他们的劳力有否任何的认识，那就是虚荣的进路；他们是被一点无形的推力的魔鬼蛊定了的。

"这是关于文艺创作的话。你自问有没这种情形。你也许经验过什么'灵感'，那也许有，但你却不要把刹那误认作永久的，虚幻认作真实。至于说思想与真实学问的话，那也得背后有一种推力，方向许不同，性质还是不变。做学问你得有原动的好奇心，得有天然热情和态度去做求知识的工夫。真思想家的准备，除了特强的理智，还得有一种原动的信仰；信仰或寻求信仰，是一切思想的出发点，极端的怀疑派思想也只是期望重新位置信仰的一种努力。从古来没有一个思想家不是宗教性的。在他们，各按各的倾向，一切人生的和理智的问题是实在有的；神的有无，善与恶，本体问题，认识问题，意志自由问题，在他们看来都是含逼迫性的现象，要求合理的解答——比山岭的崇高，水的流动，爱的甜蜜更真，更实在，更耸动。他们的一点心灵，就永远在他们设想的一种或多种问题的周围飞舞、旋绕，正如灯蛾之于火焰：牺牲自身来贯彻火焰中心的秘密，是他们共有的决心。

"这种惨烈的情形，你怕也没有吧？我不说你的心幕上就没有思想的影子；但它们怕只是虚影，像水面上的云影，云过影子就跟着消散，不是石上的雷痕越日久越深刻。

"这样说下来，你倒可以安心了！因为个人最大的悲剧是设想一个虚无的境界来谎骗你自己；骗不到底的时候你就得忍受'幻灭'的莫大的苦痛，与其那样，还不如及早认清自己的深浅，不要把不必要的负担，放上支撑不住的肩背，压坏你自己，还难免旁人的笑话！朋友，不要迷了，定下心来享你现成的福分吧。思想不是你的分，文艺创作不是你的分，独立的事业更不是你的分！天生抗了重担来的哪也没法想（哪一个天才不是活受罪！），你是原来轻松的，这是多可羡慕，多可贺喜的一个发现！算了吧，朋友！"

三月二十五至四月一日

（载于1926年4月3日《晨报副刊》）

"话"

绝对的值得一听的话,是从不曾经人口说过的;比较的值得一听的话,都在偶然的低声细语中;相对的不值得一听的话,是有规律有组织的文字结构;绝对不值得一听的话,是用不经修练,又粗又蠢的嗓音所发表的语言。比如:正式会集的演说,不论是运动女子参政或是宣传色彩鲜明的主义;学校里讲台上的演讲,不论是山西乡村里训阎阎圣人用民主主义的冬烘先生的法宝,或是穿了前红后白道袍方巾的博士衣的瞎扯;或是充满了烟士披里纯开口天父闭口阿门的讲道——都是属于我所说最后的一类:都是无条件的根本的绝对的不值得一听的话。历代传下来的经典,大部分的文学书,小部分的哲学书,都是末了第二类——相对的不值得一听的话。至于相对的可听的话,我说大概都在偶然的低声细语中。例如真诗人梦境最深——诗人们除了做梦再没有正当的职业——神魂还在祥云缥缈之间那时候随意吐露出来的零句断片,英国大诗人宛茨渥士所谓茶壶煮沸时嗤嗤的微音,最可以象征入神的诗境。例如李太白的,"我醉欲眠卿且去,明朝有意抱琴来",或是开茨的"Then I shut her wild, wild eyes with kisses four"，你们知道宛茨渥士和雪莱他们不朽的诗歌，大都是在田野间，海滩边，树林里，独自徘徊着像离魂病似的自言自语的成绩；法国的波特莱亚、凡尔仑他们精美无比妙句，很多是受了烈性的麻醉剂——大麻或是鸦片——影响的结果。这种话比较的很值得一听。还有青年男女初次受了顽皮的小爱神箭伤以后，心跳肉颤面红耳赤的在花荫间，在课室内，或在月凉如洗的墓园里，含着一包眼泪吞吐出来的——不问怎样的不成片段，怎样的违反文法——往往都是一颗颗希有的珍珠，真情真理的凝晶。但诸君要听明白了，我说值得一听的话大都是在偶然的低声和语中，不是说凡是低声和语都是值得一听的，要不然外交厅屏风后的交头接耳，家里太太月底月初枕头边的小啰嗦，都有了诗的价值了！

绝对的值得一听的话，是从不曾经人口道过的。整个的宇宙，只是不断的创造；所有的生命，只是个性的表现。真消息，真意义，内蕴在万物的本质里，好像一条大河，网络似的支流，随地形的结构，四方错综着，由大而小，由小而微，由微而隐，由有形至无形，由可数至无限，但这看来极复杂的组织所表明的只是一个单纯的意义，所表现的只是一体活泼的精神；这精神是完全的，整个的，实在的；唯其因为是完全整个实在而我们人的心力智力所能运用的语言文字，只是不完全非整个的，模拟的，象征的工具,所以人类几千年来文化的成绩,也只是想猜透这大迷谜似是而非的各种的尝试。人是好奇的动物;我们的心智,便是好奇心活动的表现。这心智的好奇性便是知识的起源。一部知识史,只是历尽了九九八十一大难却始终没有望见极乐世界求到大藏真经的一部《西游记》。说是快乐吧,明明是劫难相承的苦恼,苦恼中又分明有无限的安慰。我们各个人的一生便是人类全史的缩小,虽则不敢说我们都是寻求真理的合格者,但至少我们的胸中,在现在生命的出发时期,总应该培养一点寻求真理的诚心,点起一盏寻求真理的明灯,不至于在生命的道上只是暗中摸索,不至于盲目的走到了生命的尽头,什么发现都没有。

但虽则真消息与真意义是不可以人类智力所能运用的工具——就是语言文字——来完全表现,同时我们又感觉内心寻真求知的冲动,想侦探出这伟大的秘密,想把宇宙与人生的究竟,当作一朵盛开的大红玫瑰,一把抓在手掌中心,狠劲的紧挤,把花的色、香、灵肉,和我们自己爱美、爱色、爱香的烈情,绞和在一起,实现一个彻底的痛快;我们初上生命和知识舞台的人,谁没有,也许多少深浅不同,浮士德的大野心,他想"discover the force that binds the world and guides its course",谁不想在知识界里,做一个垄断一切的拿破仑?这种想为王为霸的雄心,都是生命原力内动的征象,也是所有的大诗人、大艺术家最后成功的预兆;我们的问题就在怎样能替这一腔还在潜伏状态中的活泼的蓬勃的心力心能,开辟一条或几条可以尽情发展的方向,使这一盏心灵的神灯,一度点着以后,不但继续的有燃料的供给,而且能在狂风暴雨的境地里,益发的光焰神明;使这初出山的流泉,渐渐的汇成活泼的小涧,沿路再并合了四方来会的支流,虽则初起经过崎岖的山路,不免辛苦,但一到了平原,便可以放怀的奔流,成河成江,自有无限的前途了。

真伟大的消息都蕴伏在万事万物的本体里,要听真值得一听的话,只有请来两位最伟大的先生。

现放在我们面前的两位大教授,不是别的,就是生活本体与大自然。生命的现象,就是一个伟大不过的神秘;墙角的草兰,岩石上的苔藓,北洋冰天雪地里极熊水獭,城河边呱呱叫夜的水蛙,赤道上火焰似沙漠里的爬虫,乃至于弥漫在大气中的微菌,大海底最微妙的生物;总之太阳热照到或能透到的地域,就有生命现象。我们若然再看深一层,不必有菩萨的慧眼,也不必有神秘诗人的直觉,但凭科学的常识,便可以知道这整个的宇宙,只是一团活泼的呼吸,一体普遍的生命,一个奥妙灵动的整体。一块极粗极丑的石子,看来像是全无意义毫无生命,但在显微镜底下看时,你就在这又粗又丑的石块里,发现一个神奇的宇宙,因为你那时所见的，只是千变万化颜色花样各自不同的种种结晶体，组成艺术家所不能想象的一种排列；若然再进一层研究，这无量数的凝晶各个的本体，又是无量数更神奇不可思议的电子所组成：这里面又是一个 Cosmos，仿佛灿烂的星空，无量数的星球同时在放光辉在自由地呼吸着。

但我们决不可以为单凭科学的进步就能看破宇宙结构的秘密，这是不可能的。我们打开了一处知识的门，无非又发现更多还是关得紧紧的，猜中了一个小迷谜，无非从这猜中里又引一个更大更难猜的迷谜，爬上了一个山峰，无非又发现前面还有更高更远的山峰。

这无穷尽性便是生命与宇宙的通性。知识的寻求固然不能到底，生命的感觉也有同样无限的境界，我们在地面上做人这场把戏里，虽则是霎那间的幻象，欲是有的是好玩，只怕我们的精力不够，不会学得怎样玩法，不怕没有相当的趣味与报酬。

所以重要的在于养成与保持一个活泼无碍的心灵境地，利用天赋的身与心的能力，自觉的尽量发展生活的可能性。活泼无碍的心灵境界比如一张绷紧的弦琴，挂在松林的中间，感受大气小大快慢的动荡，发出高低缓急同情的音调。我们不是最爱自由最恶奴从吗？但我们向生命的前途看时，恐怕不易使我们乐观，除我们一点无形无踪的心灵以外，种种的势力只是强迫我们做奴隶的努力，种种对人的心与责任，社会的习惯，机械的教育，沾染的偏见，都像沙漠的狂风一样，卷起满天的砂土，不时可以把我们可怜的旅行人整个儿给埋了！

这就是宗教家出世主义的大原因，但出世者所能实现的至多无非是消极的自由，我们所要的却不止此。我们明知向前是奋斗，但我们却不肯做逃兵，我们情愿将所有的精液，一齐发泄成奋斗的汗，与奋斗的血，只要能得最后的胜利，那时尽量的痛苦便是尽量的快乐。我们果然有从生命的现象与事实里，体验到生命的实在与意义；能从自然界的现象与事实里，领会到造化的实在与意义，那时随我们付多大的价钱，也是值得的了。

要使生命成为自觉的生活，不是机械的生存，是我们的理想。要从我们的日常经验里，得到培保心灵扩大人格的滋养，是我们的理想。要使人们的心灵，不但消极的不受外物的拘束与压迫，并且永远在继续的自动，趋向创作，活泼无碍的境界，是我们的理想，使我们的精神生活，取得不可否认的实在，使我们生命的自觉心，像大雪天滚雪球一般的愈滚愈大，不但在生活里能同化极伟大极深沉与极隐奥的情感，并且能领悟到大自然一草一本的精神，是我们的理想。使天赋我们灵肉两部的势力，尽性的发展，趋向最后的平衡与和谐，是我们的理想。

理想就是我们的信仰，努力的标准，果然我们能连用想象力为我们自己悬拟一个理想的人格,同时运用理智的机能,认定了目标努力去实现那理想,那时我们在奋斗的经程中,一定可以得到加倍的勇气,遇见了困难,也不至于失望,因为明知是题中应有的文章。我们的立身行事,也不必迁就社会已成的习惯与法律的范围,而自能折中于超出寻常所谓善恶的一种更高的道德标准;我们那时便可以借用李太白当时躲在山里自得其乐时答复俗客的妙句,落花流水杳然去,别有天地非人间!

我们也明知这不是可以偶然做到的境界;但问题是在我们能否见到这境界,大多数人只是不黑不白的生,不黑不白的死,耗费了不少的食料与饮料,耗费了不少的时间与空间,结果连自己的臭皮囊都收拾不了,还要连累旁人;能见到的人已经不少,见到而能尽力去做的人当然更少,但这极少数人却是文化的创造者,便能在梁任公先生说的那把宜兴茶壶里留下一些不磨的痕迹。

我个人也许见言太偏僻了,但我实在不敢信人为的教育,他动的训练,能有多大价值;我最初最后的一句话只是"自身体验去",真学问真知识决不是在教室中书本里所能求得的。

大自然才是一大本绝妙的奇书,每张上都写有无穷无尽的意义,我们只要学会了研究这一大本书的方法,多少能够了解他内容的奥义,我们的精神生活就不怕没有资养,我们理想的人格就不怕没有基础。但这本无字的天书,决不是没有相当的准备就能一目了然的:我们初识字的时候,打开书本子来,只见白纸上书的许多黑影,哪里懂得什么意义。我们现有的道德教育里哪一条训条,我们不能在自然界感到更深彻的意味,更亲切的解释?每天太阳从东方的地平上升,渐渐的放光,渐渐的放彩,渐渐的驱散了黑夜,扫荡了满天沉闷的云雾,霎刻间临照四方,光满大地;这是何等的景象?夏夜的星空,张着无量数光芒闪烁的神眼,衬出浩渺无极的苍穹,这是何等的伟大景象?大海的涛声不住的在呼啸起落,这是何等伟大奥妙的景象?高山顶上一体的纯白,不见一些杂色,只有天气飞舞着,云彩变幻着,这又是何等高尚纯粹的景象?小而言之,就是地上一棵极贱的草花,他在春风与艳阳中摇曳着,自有一种庄严愉快的神情,无怪诗人见了,甚至内感"非涕泪所能宣泄的情绪"。宛茨渥士说的自然"大力回容,有镇驯矫饬之功",这是我们的真教育。但自然最大的教训,尤在"凡物各尽其性"的现象。玫瑰是玫瑰,海棠是海棠,鱼是鱼,鸟是鸟,野草是野草,流水是流水;各有各的特性,各有各的效用,各有各的意义。仔细的观察与悉心体会的结果,不由你不感觉万物造作之神奇,不由你不相信万物的底里是有一致的精神流贯其间,宇宙是合理的组织,人生也无非这大系统的一个关节。因此我们也感想到人类也许是最尤出息的一类。一茎草有他的妩媚,一块石子也有他的特点，独有人反只是庸生庸死，大多数非但终身不能发挥他们可能的个性，而且遗下或是丑陋或是罪恶一类不洁净的踪迹，这难道也是造物主的本意吗？

我前面说过所有的生命只是个性的表现。只要在有生的期间内，将天赋可能的个性尽量的实现，就是造化旨意的完成。我这几天在留心我们馆里的月季花，看他们结苞，看他们开放，看他们逐渐的盛开，看他们逐渐的憔悴，逐渐的零落。我初动的感情觉得是可悲，何以美的幻象这样的易灭，但转念却觉得不但不必为花悲，而且感悟了自然生生不已的妙意。花的责任，就在集中他春来所吸收阳光雨露的精神，开成色香两绝的好花，精力完了便自落地成泥，圆满功德，明年再来过。只有不自然的被摧残了，不能实现他自傲色香的一两天，那才是可伤的耗费。

不自然的杀灭了发长的机会，才是可惜，才是违反天意。我们青年人应该时时刻刻地把这个原则放在心里，不能在我生命实现人之所以为人，我对不起自己。在为人的生活里不能实现我之所以为我，我对不起生命；这个原则我们也应该时时放在心里。

我们人类最大的幸福与权力，就是在生活里有相当的自由活动，我们可以自觉的调剂，整理，修饰，训练我们生活的态度，我们既然了解了生活只是个性的表现，只是一种艺术，就应得利用这一点特权将生活看作艺术品，谨慎小心的做去。运命论我们是不相信的，但就是相面算命先生也还承认心有改相致命的力量。环境论的一部分我们不得不承认，但是心灵支配环境的可能，至少也与环境支配生活的可能相等，除非我们自愿让物质的势力整个儿扑灭了心灵的发展，那才是生活里最大的悲惨。

我们的一生不成材不碍事，材是有用的意思；不成器也不碍事，器也是有用的意思。生活却不可不成品，不成格，品格就是个性的外现，是对于生命本体，不是对于其余的标准，例如社会家庭——直接担负的责任；橡树不是榆树，翠鸟不是鸽子，各有各的特异的品格。在造化的观点看来，橡树不是为柜子衣架而生，鸽子也不是为我们爱吃五香鸽子而存。这是他们偶然的用或被利用，物之所以为物的本义是在实现他天赋的品性，实现内部精力所要求的特异的格调。我们生命里所包涵的活力，也不问你在世上做将，做相，做资本家，做劳动者，做国会议员，做大学教授，而只要求一种特异品格的表现，独一的，自成一体的，不可以第二类相比称的，犹之一树上没有两张绝对相同的叶子，我们四百万万人里也没有两个相同的鼻子。

而要实现我们真纯的个性，决不是仅仅在外表的行为上务为新奇务为怪僻——这是变性不是个性——真纯的个性是心灵的权力能够统制与调和身体，理智、情感、精神，种种造成人格的机能以后自然流露的状态，在内不受外物的障碍，像分光镜似的灵敏，不论是地下的泥砂，不论是远在万万里外的星辰，只要光路一对准，就能分出他光浪的特性；一次经验便是一次发明，因为是新的结合，新的变化。有了这样的内心生活，发之于外，当然能超于人为的条例而能与更深奥却更实在的自然规律相呼应，当然能实现一种特异的品与格，当然能在这大自然的系统里尽他的特异的贡献，证明他自身的价值。懂了物各尽其性的意义再来观察宇宙的事物，实在没有一件东西不是美的，一叶一花是美的不必说，就是毒性的虫，比如蝎子，比如蚂蚁，都是美的。只有人，造化期望最深的人，却是最辜负的，最使人失望的，因为一般的人，都是自暴自弃，非但不能尽性，而且到底总是糟蹋了原来可以为美可以为善的本质。

惭愧呀，人！好好一个可以做好文章的题目，却被你写做一篇一窍不通的滥调；好好一个画题，好好一张帆布，好好的颜色，都被你涂成奇丑不堪的滥画；好好的雕刀与花岗石，却被你斫成荒谬恶劣的怪像！好好的富有灵性可以超脱物质与普遍的精神共化永生的生命，却被你糟蹋亵渎成了一种丑陋庸俗卑鄙龌龊的废物！

生活是艺术。我们的问题就在怎样的运用我们现成的材料，实现我们理想的作品；怎样的可以像密仡朗其罗一样，取到了一大块矿山里初开出来的白石，一眼望过去，就看出他想象中的造的像，已经整个的嵌稳着，以后只要打开石子把他不受损伤的取了出来的工夫就是。所以我们再也不要抱怨环境不好不适宜，阻碍我们自由的发展，或是教育不好不适宜，不能奖励我们自由的发展，发展或是压灭，自由或是奴从，真生命或是苟活，成品或是无格——一切都在我们自己，全看我们在青年时期有否生命的觉悟，能否培养与保持心灵的自由，能否自觉的努力，能否把生活当作艺术，一笔不苟的做去。我所以回返重复的说明真消息、真意义、真教育决非人口或书本子可以宣传的，只有集中了我们的灵感性直接的一面向生命本体，一面向大自然耐心去研究，体验，审察，省悟，方才可以多少了解生活的趣味与价值与他的神圣。

因为思想与意念，都起于心灵与外象的接触；创造是活动与变化的结果。真纯的思想是一种想象的实在，有他自身的品格与美，是心灵境界的彩虹，是活着的胎儿。但我们同时有智力的活动，感动于内的往往有表现于外的倾向——大画家米莱氏说深刻的印象往往自求外现，而且自然的会寻出最强有力的方法来表现——结果无形的意念便化成有形可见的文字或是有声可闻的语言，但文字语言最高的功用就在能象征我们原来的意念，他的价值也止于凭借符号的外形，暗示他们所代表的当时的意念。而意念自身又无非是我们心灵的照海灯偶然照到实在的海里的一波一浪或一岛一屿，文字语言本身又是不完善的工具，再加之我们运用驾驭力的薄弱，所以文字的表现很难得是勉强可以满足的。我们随便翻开哪一本书，随便听人讲话，就可以发现各式各样的文字障，与语言习惯障，所以既然我们自己用语言文字来表现内心的现象已经至多不过勉强的适用，我们如何可以期望满心只是文字障与语言习惯障的他人，能从呆板的符号里领悟到我们一时神感的意念。佛教所以有禅宗一派，以不言传道，是很可寻味的——达摩面壁十年，就在解脱文字障直接明心见道的工夫。现在的所谓教育尤其是离本更远，即使教育的材料最初是有多少活的成分，但经了几度的转换，无意识的传授，只能变成死的训条——穆勒约翰说的"Dead dogma"不是"Living idea"，我个人所以根本不信任人为的教育能有多大的价值，对于人生少有影响不用说，就是认为灌输知识的方法，照现有的教育看来，也免不了硬而且蠢的机械性。

但反过来说，既然人生只是表现，而语言文字又是人类进化到现在比较的最适用的工具，我们明知语言文字如同政府与结婚一样是一件不可免的没奈何事，或如尼采说的是"人心的牢狱"，我们还是免不了他。我们只能想法使他增加适用性，不能抛弃了不管。我们只能做两部分的工夫：一方面消极的防止文字障语言习惯障的影响；一方面积极的体验心灵的活动，极谨慎的极严格的在我们能运用的字类里选出比较的最确切最明了最无疑义的代表。

这就是我们应该应用"自觉的努力"的一个方向。你们知道法国有个大文学家弗洛贝尔，他有一个信仰，以为一个特异的意念只有一个特异的字或字句可以表现，所以他一辈子艰苦卓绝的从事文学的日子，只是在寻求唯一适当的字句来代表唯一相当的意念。他往往不吃饭不睡，呆呆的独自坐着，绞着脑筋的想，想寻出他称心惬意的表现，有时他烦恼极了，甚至想自杀，往往想出了神，几天写不成一句句子。试想象他那样伟大的天才，那样丰富的学识，尚且要下这样的苦工，方才制成不朽的文学，我们看了他的榜样不应该感动吗？

不要说下笔写，就是平常说话，我们也应有相当的用心——一句话可以泄露你心灵的浅薄，一句话可以证明你自觉的努力，一句话可以表示你思想的糊涂，一句话可以留下永久的印象。这不是说说话要漂亮，要流利，要有修辞的工夫，那都是不重要的：最重要的是对内心意念的忠实，与适当的表现。固然有了清明的思想，方能有清明的语言，但表现的忠实，与不苟且运用文字的决心，也就有纠正松懈的思想与警醒心灵的功效。

　　我们知道说话是表现个性极重要的方法，生活既然是一个整体的艺术，说话当然是这艺术里的重要部分。极高的工夫往往可以从极小的起点做去，我们实现生命的理想，也未始不可从注意说话做起。

书信篇

徐志摩

致凌叔华

日期不确定

叔华：

我又忍不住要写信给你了。这时候，我单身在西湖楼外楼，风还是斜，雨还是细。我这愁人的心曲，也就不言而喻了。堂倌倒颇知趣，菜也要得，台上有鱼有虾，有火腿。半通远年已经落肚，四肢微微生暖。想起适之，彭春，与你，就只你们三位可以领略这风雨中的幽趣，可以不辞醉的对案（？）痛饮，可以谈人生的静，——此外都不成了。

1924年冬

不想你竟是这样纯粹的慈善心肠。你肯答应常做我的"通信员"。用你恬静的谐趣或幽默来温润我居处的枯索，我唯有泥首！我单怕我是个粗人，说话不瞻前顾后的，容易不提防得罪人；我又是个感情的人，有时碰着了枨触，难保不尽情的吐泄，更不计算对方承受者的消化力如何！我的坏脾气多得很，一时也说不尽。同时我却要对你说一句老实话。××，你既然是这样诚恳，真挚而有侠性。我是一个闷着的人，你也许懂得我意思。我一辈子只是想找一个理想的"通信员"，我曾经写过日记，任性的滥泛着的来与外逼的情感。但每次都不能持久。人是社会性的动物。除是超人，那就是不近人情的，谁都不能把挣扎着的灵性闷死在硬性的躯壳里。日记是一种无聊的极思（我所谓日记当然不是无颜色的起居注。）最满意最理想的出路是有一个真能体会，真能容忍，而且真能融化的朋友。那朋友可是真不易得。单纯的同情还容易，要能容忍而且融化却是难。与朋友通信或说话，比较少拘束，但冲突的机会也多，男子就缺少那自然的承受性。但普通女子更糟，因为她们的知识与理性超不出她们的习惯性与防御性，她们天生高尚与优秀的灵性永远钻不透那杆毛笔的笔尖儿。理性不透彻的时候，误会的机会就多，比如一块凹形的玻璃，什么东西映着就失了真象。我所以始终是闷着的。我不定敢说我的心灵比一般的灵动些，但有时心灵活动的时候，你自己知道这里面多少有真理的种子，你就不忍让他闷死在里面，但除非你有相当的发泄的机会与引诱时，你就不很会有"用力去拉"的决心。虽则华茨华士用小猫来讽喻诗人：他说小猫好玩，东跳西窜的玩着树上的落叶，她玩她的，并不顾管旁边有没有人拍手叫好，所以艺术家的工作也只是活力内迫的结果，他们不应当计较有没有人赏识。但这是理论。华老儿自身就少不了他妹妹桃绿水的灵感与同情。我写了一大堆，我自己也忘了我说的是什么！总之我是最感激不过，最欢喜不过你这样温的厚意，我只怕我自己没出息，消受不得你为我消费的时光与心力！

日期不确定

我准是让西山的月色染伤了。这两天我的心像是一块石头，硬的，不透明的，累赘的；又像是岩窟里的一泓止水，不透光，不波动的，沉默的。前两天在郊外见着的景色，尽有动人的——比如灵光寺的墓园，静肃的微馨的空气里，峙立着那几座石亭与墓碑，院内满是秋爽的树荫，院外亦满是树荫的秋爽。这墓园的静定里，别有一种悲凉的况味，听不着村舍的鸡犬声，听不着宿鸟的幽呼声，有的只是风声，你凝神时辨认得出它那手指挑弄着的是哪一条弦索。这紧峭的是栗树声，那扬沙似潇洒的是菩提树音，那群鸦翻树似海潮登岩似的大声是白杨的狂啸。更有那致密的细渡嗻沙磧似的是柏子的漏响——同时在这群音骈响中无边的落叶，黄的，棕色的，深红的，黯青的，肥如掌的，卷似发的，细如豆的，狭如眉的，一齐乘着无形中吹息的秋风，冷冷斜飘下地，他们重绒似的铺在半枯草地上，远看着像是一扃仰食的春蚕；近睇时，他们的身上都是密布着针绣似的、虫牙的细孔。他们在夏秋间布施了他们的精力，如今静静的偃卧在这人迹希有的墓园里，有时风息从树枝里下漏。他们还不免在他们"墓床"上微微的颤震，像是微笑，像是梦鼹，像是战场上僵卧的英雄又被远来的鼓角声惊扰！那是秋，那是真宁静，那是季候转变——自然的与人生的——的幽妙消息。××，我想你最能体会得那半染颜色，却亦半褪颜色的情调与滋味。

我当时也分不清心头的思感，只觉得一种异样甜美的清静，像风雨过后的草色与花香，在我的心灵底里缓缓的流出（方才初下笔时我不知道我当时曾经那样深沉的默察，要不然我便不能如此致密的叙述），我恨不能画，辜负这种秋色；我恨不能乐，辜负这秋声，我的笔太粗，我的话太浊，又不能恰好的传神这深秋的情调与这淡里透浓的意味；但我的魂灵却真是醉了。我把住了这馥郁的秋酿巨觥。我不能不尽情的引满，那滑洌的洌液淹进了我的咽喉，浸入我的肢体，醉塞了我的官觉，醉透了我的神魂：××假如你也在那静默的意境里共赏那一山淡金的菩提，在空灵中飞舞，潜听那虫蚀的焦叶在你脚下清脆的碎裂！

更有那冷夜月影；除是我决心牺牲今夜的睡，我再不轻易的挑动我的意绪！炉火已渐缓，夜从窗纱里幽幽渗入，我想我还是停笔的好，要不然抵拼明日的头痛。但同时"秋思"仍源源的涌出——内院的海棠已快赤黑，那株柿树亦已卸却青裳，只剩一二十个浓黄的熟果依旧高高的紧恋着赤露的枝干，紫藤更没有声息，榆翁最是苍苍的枯秃——我内心的秋叶不久也怕要飘尽了，××，你替我编一只丧歌罢！

志摩寄思

致林徽因

1924年5月22日①

　　我真不知道我要说的是什么话,我已经好几次提起笔来想写,但是每次总是写不成篇,这两日我的头脑总是昏沉沉的,开着眼闭着眼却只见大前晚模糊的月色,照着我们不愿意的车辆,迟迟的向荒野里退缩。离别!怎么的能叫人相信?我想着了就要发疯。这么多的丝,谁能割得断?我的眼前又黑了……

---

① 此信不全,原存英国恩厚处。

致张幼仪

1926 年 12 月 14 日

幼仪：

　　爸爸来，知道你们都好，尤其是欢进步得快，欣慰得很。你们那一小家，虽是新组织，听来倒是热闹而且有精神，我们避难人听了十分羡慕。你的信收到，万分感谢你。幼仪，妈在你那里各事都舒适，比在家里还好些，真的，年内还不如晋京的好，一则路上不便，二则回来还不免时时提心吊胆，我们不瞒你说，早想回京，只是走不动，没有办法，我们在上海的生活是无可说的，第一是曼同母亲行后就病，直到今天还不见好，我也闷得慌，破客栈里闲守着，还有什么生活可言。日内搬去宋春舫家，梅白格路六四三号，总可以舒泰些。

　　阿欢的字真有进步，他的自治力尤其可惊，我老子自愧不如也！丽琳寄一杆笔来"钝"我，但我还不动手，她一定骂我了！

　　老八生活如何？盼通信。

　　此候

　　炉安！

志摩
十二月十四日

致陆小曼

1925年3月4日

小龙：

　　你知道我这次想出去也不是十二分心愿的，假定老翁的信早六个星期来时，我一定绝无顾恋的想法走了完事。但我的胸坎间不幸也有一个心，这个脆弱的心又不幸容易受伤，这回的伤不瞒你说又是受定的了，所以即使我走也不免咬一咬牙齿忍着些心痛的。这还是关于我自己的话，你一方面我委实有些不放心，不是别的，单怕你有限的勇气敌不过环境的压迫力，结果你竟许多少不免明知故犯，该走一百里路也只能走满三四十里，这是可虑的。

　　龙呀，你不知道我怎样深刻的期望你勇猛的上进，怎样的相信你确有能力发展潜在的天赋，怎样的私下祷祝有那一天叫这浅薄的恶俗的势利的"一般人"开着眼惊讶，闭着眼惭愧——等到那一天实现时，那不仅你的胜利也是我的荣耀哩！聪明的小曼：千万争这口气才是！我常在身旁自然多少于你有些帮助，但暂时分别也有绝大的好处，我人去了，我的思想还是在着，只要你能容受我的思想。我这回去是补足我自己的教育，我一定加倍的努力吸收可能的滋养,我可以答应你我决不枉费我的光阴与金钱,同时我当然也期望你加倍的勤奋,认清应走的方向,做一番认真的工夫试试,我们总要隔了半年再见时彼此无愧才好。你的情形固然不同,但你如其真有深澈的觉悟时,你的生活习惯自然会得改变的,我信 F 也能多少帮助你。

我并不愿意做你的专制皇帝,落后叫你害怕讨厌,但我真想相当的督饬着你,如其你过分顽皮时,我是要打的吓!有一件事不知你能否做到,如能倒是件有益而且有趣的事,我想要你写信给我,不是平常的写法,我要你当作日记写,不仅记你的起居等等,并且记你的思想情感——能寄给我当然最好,就是不寄也好,留着等我回来时一总看,先生再批分数,你如其能做到这点意思,那我就高兴而且放心了。同时我当然有信给你,不能怎样的密,因为我在旅行时怕不能多写,但我答应选我一路感到的一部分真纯思想给你,总叫你得到了我的消息,至少暂时可以不感觉寂寞,好不好,曼?关于游历方面,我已经答应做《现代评论》的特约通讯员,大概我人到眼到的事物多少总有报告,使我这里的朋友都能分沾我经验的利益。

顶要紧是你得拉紧你自己,别让不健康的引诱摇动你,别让消极的意念过分压迫你,你要知道我们一辈子果然能真相知真了解,我们的牺牲,苦恼与努力,也就不算是枉费的了!

摩

三月四日

1926年2月21日

眉爱：

今天该是你我欢喜的日子了，我的亲亲的眉眉！方才已经发电给适之，爸爸也写了信给他。现在我把事情的大致讲一讲：我们的家产差不多已经算分了，我们与大伯一家一半。但为家产都系营业，管理仍须统一。所谓分者即每年进出各归各就是了，来源大都还是共同的。例如酱业、银号以及别种行业。然后在爸爸名下再作为三份开：老辈（爹妈）自己留开一份，幼仪及欢儿立开一份；我们得一份；这是产业的暂时支配法。

第二是幼仪与欢儿问题。幼仪仍居干女儿名，未出嫁前担负欢儿教养责任，如终身不嫁，欢的一份家产即归她管；如嫁则仅能划取一份奁资，欢及徐产仍归徐家，尔时即与徐家完全脱离关系。嫁资成数多少，请她自定，这得等到上海时再说定。她不住我家，将来她亦自寻职业，或亦不在南方；但偶尔亦可往来，阿欢两边跑。

第三：离婚由张公权设法公布；你们方面亦请设法于最近期内登报声明。

这几条都是消极方面，但都是重要的，我认为可以同意。只要幼仪同意即可算数。关于我们的婚事，爸爸说这时候其实太热，总得等暑后才能去京。我说但我想夏天同你避暑去，不结婚不便。

爸说，未婚妻还不一样可以同行。我说但我们婚都没有订。爸说："那你这回回去就定好了。"我说那边好，媒人请谁呢？他说当然适之是一个，幼伟来一个也好。我说那爸爸就写个信给适之吧，爸爸说好吧。订婚手续他主张从简，我说这回适伯叔华是怎样的，他说照办好了。

眉，所以你我的好事，到今天才算磨出了头，我好不快活。今天与昨天心绪大大的不同了。我恨不得立刻回京向你求婚。你说多有趣。闲话少说，上面的情形你说给娘跟爸爸听。我想办法比较的很合理，他们应当可以满意。

但今年夏天的行止怎样呢？爸爸一定去庐山，我想先回京赶速订婚，随后拉了娘一同走京汉下去，也到庐山去住几时。我十分感到暑天上山的必要，与你身体也有关系，你得好好运动。娘及早预备！多快活，什么理想都达到了！我还说北京顶好备一所房子，爸说北京危险，也许还有大遭灾的一天。我说那不见得吧！我就说陶太太说起的那所房子，爸似乎有兴趣，他说可以看看去。但这且从缓，好在不急：我们婚后即得回南，京寓布置尽来得及也。我急想回京，但爸还想留住我，你赶快叫适之来电要我赶他动身前去津见面，那爸许放我早走。有事情，再谈吧！

你的欢畅了的摩摩
二月二十一日

1931年2月26日

眉爱：

　　前日到后，一函托丽琳付寄，想可送到。我不曾发电，因为这里去电报局颇远，而信件三日内可到，所以省了。现在我要和你说的是我教书事情的安排。前晚温源宁来适之处，我们三个谈到深夜。北大的教授（三百）是早定的，不成问题。只是任课比中大的多，不甚愉快。此外还是问题，他们本定我兼女大教授，那也有二百八，连北大就六百不远。但不幸最近教部严令禁止兼任教授，事实上颇有为难处，但又不能兼。如仅仅兼课，则报酬又甚微，六点钟不过月一百五十。总之此事尚未停当，最好是女大能兼教授，那我别的都不管，有二百八和三百，只要不欠薪，我们两口子总够过活。就是一样，我还不知如何？此地要我教的课程全是新的，我都得从头准备，这是件麻烦事；倒不是别的，因为教书多占了时间，那我愿意写作的时间就很受损失。适之家地方倒是很好。楼上楼下，并皆明敞。我想我应得可以定心做做工。奚若昨天自清华回，昨晚与丽琳三人在玉华台吃饭。老金今晚回，晚上在他家吃饭。我到此饭不曾吃得几顿，肚子已坏了。方才正在写信。底下又闹了笑话，狼狈极了；上楼去，偏偏水管又断了，一滴水都没有。你替我想想是何等光景？（请不要逢人就告。到底年纪不小了，有些难为情的。）最后要告诉你一件我决不曾意料的事:思成和徽音我以为他们早已回东北,因为那边学校已开课。我来时车上见郝更生夫妇,他们也说听说他们已早回,不想他们不但尚在北平而且出了大岔子,惨得很,等我说给你听:我昨天下午见了他们夫妇俩,瘦得竟像一对猴儿,看了真难过。你说是怎么回事?他们不是和周太太(梁大小姐)思永夫妇同住东直门的吗?一天徽音陪人到协和去,被她自己的大夫看见了,他一见就拉她进去检验;诊断的结果是病已深到危险地步,目前只有立即停止一切劳动,到山上去静养。孩子、丈夫、朋友、书,一切都须隔绝,过了六个月再说话,那真是一个晴天霹雳。这几天小夫妻俩就像是热锅上的蚂蚁直转,房子在香山顶上有,但问题是叫思成怎么办?徽音又舍不得孩子,大夫又绝对不让,同时孩子也不强日见黄白。你要是见了徽音,眉眉,你一定吃吓。她简直连脸上的骨头都看出来了,同时脾气更来得暴躁。思成也是可怜,主意东也不是,西也不是。凡是知道的朋友,不说我,没有不替他们发愁的;真有些惨,又是爱莫能助,这岂不是人生到此天道宁论?丽琳谢谢你,她另有信去。你自己这几日怎样?何以还未有信来?我盼着!夜晚睡得好否?寄娘想早来。瑞午金子已动手否?盼有好消息!娘好否?我要去东兴,郑苏戡在,不写了。

摩吻

1931年5月14日

眉眉我爱：

你又犯老毛病了，不写信。现在北京上海间有飞机，信当天可到。我离家已一星期，你如何一字未来，你难道不知道我出门人无时不惦着家念着你吗？我这几日苦极了，忙是一件事，身体又不大好。一路来受了凉，就此咳嗽，出痰甚多。前两晚简直呛得不停，不能睡；胡家一家子都让我咳醒了。我吃很多梨，胡太太又做金银花、贝母等药给我吃，昨晚稍好些。今日天雨，忽然变凉。我出门时是大太阳，北大下课到奚若家中饭时，冻得直抖。恐怕今晚又不得安宁。我那封英文信好像寄航空的，到了没有？那一晚我有些疯头疯脑的，你可不许把信随手丢。我想到你那乱，我就没有勇气写好信给你。前三年我去欧美印度时，那九十多封信都到哪里去了？那是我周游的唯一成绩，如今亦散失无存，你总得改良改良脾气才好。我的太太，否则将来竟许连老爷都会被你放丢了的。你难道我走了一点也不想我？现在弄到我和你在一起倒是例外，你一天就是吃，从起身到上床，到合眼，就是吃，也许你想芒果或是想外国白果倒要比想老爷更亲热更急。老爷是一只牛，他的唯一用处是做工赚钱，——也有些可怜：牛这两星期不但要上课还得补课，夜晚又不得睡！心里也不舒泰。天时再一坏，竟是一肚子的灰了！太太！你忍心字儿都不寄一个来？大概你们到杭州去了,怨我不能奉陪,希望天时好,但终得早起一些才赶得上阳光。北京花事极阑珊,明后天许陪歆海他们去明陵长城,但也许不去。娘身体可好?甚念!这回要等你来信再写了。

照片一包,已找到,在小箱。

摩
星四

致父母

1928年12月16日①

爱亲膝下：

　　方才便道到牲源见省三先生②，谈及伯父病，据云近日仍不见好，更令切念，爸爸返硖后情形如何，不曾得知。前函诸针药并用，不知伯父以为然否？张医③药究对路否？此间中西医谈及意见亦各不一致，然于痢疾用针，则都无异议，最近情形至盼崇弟或六弟便函见告。儿本定今日一早去苏州女子中学讲演，惟彭春今日由津到申，即转轮去美，必须一见，故又临时发电改期，明日再去。妈近日福体如何？前十日较前大佳，儿心欣慰何可言喻，至盼当此冬令继续进补，得效当不小也。十九日张相生六十做寿，即须送礼，盼即带出一缎幛来，金字我去做。专此。

　　敬颂

　　福安！

儿摩禀上
十二月十六日

① 此信摘自1948年10月25日《子曰丛刊》陈从周所辑《徐志摩家信之发现》一文。
② 指沈省三。
③ 疑缺字，应为"张医生"。

1929年9月26日[①]

我至爱爸妈膝下：

自爱亲回硖后，儿因看妈上车时衰弱情状，心中甚为难过，无时不在念中，惟此星期预备上课，往来宁沪，迄未得暇，不曾修禀问候，不知妈到家后精神有见好否？今日在大马路[②]遇见幼仪与朱太太[③]买物，说起爸爸来信言，妈心感不快，常自悲泣，身体亦不见健，儿当时觉得十分难受，明知爱亲常常不乐，半为儿不孝，不能顺从爱亲意念所至。妈身体孱弱至此，儿亦不能稍尽奉养之职，即如今日闻幼仪言后，何尝不想立时回硖省候，但转念学校功课繁重，又是初初开学，未便请假，因此甚感两难。妈亦是明白人，其实何必不看开些，何必自苦如此。妈想，妈若不乐，爸爸在家当然亦不能自得，儿在外闻知，亦不禁心悬两地，不能尽心教书。即幼仪亦言回家去，只见到忧愁，听到忧愁，实在有些怕去，如此一来，岂非一家人都不得安宁，有何乐趣？其实天下事全在各人如何看法，绝对满意事，是不可能的，做人只能随时譬解，自寻快乐。即如我家情形，不能骨肉常时团聚，自是一憾，但现在时代不同，往时大家庭办法决不可能，既然如此，

---

① 此信摘自1949年3月1日《永安月刊》陈从周所辑《徐志摩家书》一文。
② 指上海南京路。
③ 指朱家骅夫人。

彼此自然只能退一步想，儿虽不孝，爱亲一样有儿有孙有女，况只要爱亲不嫌，家仍可时常相处。儿最引以为虑的，是妈妈的身体，我与幼仪一样思想，只求妈能看开些，决心养好身体，只要精神一健，肝肠自然平顺。看事情亦可从好处着想，爸爸本性是爱热闹豁达大度的，自无问题，我等亦能安命无所怨尤，岂非一家和顺，人人可以快乐安慰？妈总要这样想想才好。先前的理想现已不可能，当然只能放开，好在目前情形，并不过于不堪，妈又何必执意悲观，结果一家人都不愉快，有何好处？儿拙于口才，每次见妈，多所抱怨，又不容置辩，只能缄默，万分无奈，姑且再写此信去劝妈妈，万事总当从亮处看，一家康宁和顺，已是幸福，理想是做不到的。妈能听儿解劝，则第一要事就该自己当心养息，儿等在外做事，但盼家信来说爱亲身体康健，心怀舒畅，如得消息不安或不快，则儿等立即感受忧愁，不能安心做事矣。此点儿反复申说，纯出至诚。尚望爸爸再以此向妈疏说，同意好好看顾妈心，说说笑话，碌居如闷，最好仍来上海，能来儿处最佳，否则幼仪处亦好。儿懒惰半年多，忽然忙碌，不免感劳，但亦无可如何也。星一去南京，昨晚回来，光华每日有课，下星一仍赴宁。专此。

敬叩

金安！

儿摩即禀，小曼叩安

九月廿六日

致梁启超

1923年1月[①]

……我之甘冒世之不韪,竭全力以斗者,非特求免凶惨之苦痛,实求良心之安顿,求人格之确立,求灵魂之救度耳。

人谁不求庸德?人谁不安现成?人谁不畏艰险?然且有突围而出者,夫岂得已而然哉?……

我将于茫茫人海中访我唯一灵魂之伴侣;得之,我幸;不得,我命,如此而已。……嗟夫吾师:我尝奋我灵魂之精髓,以凝成一理想之明珠,涵之以热满之心血,明照我深奥之灵府。而庸俗忌之嫉之,辄欲麻木其灵魂,捣碎其理想,杀灭其希望,污毁其纯洁!我之不流入堕落,流入庸懦,流入卑污,其几亦微矣!……

[①] 此信为片段,原刊《新月》第4卷第1期胡适《追悼志摩》文内,估计是1923年1月徐志摩写给梁启超的。

致胡适

1926年9月12日①

适之：

这久不给你信怎说得过？一天挨一天的，总想连正式喜期一并通知我们唯一的"恩人哥哥"，也好叫他在海外挺一挺眉尖，说好了，这总算完工了一件事，但事情进步太慢，正如我们期望太促，今天正是九月十二，阴历八月六日，还没法发出喜柬，爸爸老人家究能来否还在一边推躲一边求恳中，好不闷损人也！此时也坐不定，怕不能如愿写长信，先把事实方面择要告知吧。我去年是八月一日到京，今年也从南方赶回来（带了病）庆周年，可惜你不在，就是订婚的日子是不易忘记的七夕，在北海董事会的画舫斋，中间一大方潭的池水，四边齐齐整整的屋子，那天到客有五六十人，谁都说可惜大功臣缺席！

现在的形势是结婚一定得老太爷到，但幼仪方面还未签字（经过太麻烦了，不说也罢），爸爸前天来电："余因尔母病不能来，

---

① 此信摘自《胡适遗稿及秘藏书信》。原信不署年份，从内容看当作于1926年。

幼仪事大旨已定，尔婚事如何办理，尔自主之，要款可汇"，我回电说要归去省亲，乘便带他来京，他又电说："母病稍好，暂缓来京"，我今天又去了一封信，且看下文。

婚期陆家看定：孔子生日八月二十七日，过此九月不宜，须至十月，相差只二十日，什么都未有把握，怎好！

幼仪已挈阿欢来京，寓老金处，态度颇露 woman mature[①]，不及从前漂亮，但亦无如何也。

我的计划是暂时（至少暂时）脱离北京，想婚后即回老家伴爹娘尽尽子职去，烟霞洞那屋子，我想去借住，妄想复演君家的神仙生活，看成否。

我们迟早总得想法远行，你在外边切不可忘记了我们，有适当机会替我们打个主意，没有机会没法子，如有机会或可产机会而不想法，未免太冤；中国居太无生气，我答应小曼出去走一趟，我也需要新生机，你想必同情，不多说了。

叔华、通伯已回京，叔华病了已好，但瘦极，通伯仍是一副"灰郁郁"的样子，很多朋友觉得好奇，这对夫妻究竟快活不，他们在表情上（外人见得的至少）太近古人了！通伯、叔华请当教授去否未定，我如南归，《晨报》那捞什子也不干了！左右没有你，就没人共商量，闷哉！

---

① 成熟女性。

你临行的那封信,真是给我们的金言。敢不拜嘉,我们决意到山中去,过几时养心的生活,也正为此。

眉淘气如故,还是说她的身体,虽则较上半年强些,总还离坚实远甚,动不动就犯病,不是肝就是胃,要不然就闹头痛什么,懒病照旧,这情形更有离京的必要,好在她爹娘尽然首肯了。

你论俄国的几封信,一定有很多批评,我陆续寄给你,你有信亦陆续寄我代发表,再写吧。

祝

你健康快乐!

我们俩

因联会取消,屋子通伯租居,似已定。

见罗素、狄更生、华校士、赖世基、威尔士一群人千万代候,说我太懒,尤其罗、狄二位,我的喜事亦可告知!